U0121834

"十四五"高等职业教育规划教材

短视频设计与制作

主　编　袁佩芬

副主编　呼东燕　郝　彧

中国财经出版传媒集团

中国财政经济出版社

图书在版编目（CIP）数据

短视频设计与制作／袁佩芬主编；呼东燕，郝彧副
主编． －－北京：中国财政经济出版社，2023.3
"十四五"高等职业教育规划教材
ISBN 978 - 7 - 5223 - 1920 - 9

Ⅰ. ①短…　Ⅱ. ①袁… ②呼… ③郝…　Ⅲ. ①视频制
作 - 高等职业教育 - 教材　Ⅳ. ①TN948.4

中国国家版本馆 CIP 数据核字（2023）第 027652 号

责任编辑：蔡　宾　　　　　　　　责任校对：张　凡
封面设计：陈宇琰

短视频设计与制作
DUANSHIPIN SHEJI YU ZHIZUO

中国财政经济出版社 出版

URL：http：//www.cfeph.cn
E - mail：cfeph@cfeph.cn
社址：北京市海淀区阜成路甲 28 号　邮政编码：100142
营销中心电话：010 - 88191522　编辑部门电话：010 - 88190666
天猫网店：中国财政经济出版社旗舰店
网址：https：//zgczjjcbs.tmall.com
北京密兴印刷有限公司印刷　各地新华书店经销
成品尺寸：185mm×260mm　16 开　13.25 印张　300 000 字
2023 年 3 月第 1 版　2023 年 3 月北京第 1 次印刷
定价：36.00 元
ISBN 978 - 7 - 5223 - 1920 - 9
（图书出现印装问题，本社负责调换，电话：010 - 88190548）
本社质量投诉电话：010 - 88190744
打击盗版举报热线：010 - 88191661　QQ：2242791300

前 言
Preface

最近十年视频领域最大的变化，是短视频作为互联网内容的一种传播方式成为互联网经济的大赢家。这一视频家族最年轻的成员，吸引了我国数以亿计的视频爱好者和普通网民。据中国互联网络信息中心发布的《中国互联网络发展状况统计报告》显示，截至 2022 年 6 月，我国短视频用户规模达 9.62 亿人，占网民整体的 91.5%。

自 1895 年电影诞生，到目前短视频"称王"，百余年间，视频因播出平台的变化和拍摄设备的更迭焕发新生。虽然短视频这一视频样式出现仅十余年，但从其理论和实践角度而言，创作原理和技法仍然出自影视本源。本书将从基础的拍摄理论、技法和经典的剪辑理论、技巧入手，围绕短视频前期拍摄和后期制作两个环节，对短视频设计与制作展开详细介绍。

本书编写过程注重实用性，重点解析短视频制作全流程中涉及的理论知识和实践技巧，以使学习者具备良好的短视频理论修养，并服务于优质短视频的创作。全书分为两篇八章，针对高职院校和职业高中学生，建议安排 48 课时的教学，其中理论 30 课时，实践 18 课时，有条件的可适当增加实训课时数。本书可作为高职院校和职业高中经贸和文旅大类相关专业的短视频课程教材，也可作为提升大学生综合素养的课外读物，亦可作为相关从业人员学习短视频创作的参考用书。

本书由袁佩芬担任主编，袁佩芬负责起草大纲和统稿。第一、四、六、七章由袁佩芬编写，第二、三章由呼东燕编写，第五、八章由郝彧编写。编写人员均为多年从事视频和短视频拍摄与制作相关课程教学的一线教师，具有丰富的短视频教学和实践经验。本书中视频拍摄设备使用和拍摄姿势展示由王勋演示，在此表示感谢。

由于编者水平有限，加之时间仓促，书中难免存在疏漏与错误之处，衷心希望读者和专家批评指正。

编 者
2023 年 1 月

目 录
Contents

前期拍摄篇

后期制作篇

前期拍摄篇

第一章 | 短视频策划与前期准备

互联网技术的不断更新迭代，带来了视频传播平台的多样化发展。视频的生产从以专业人士为主体的职业行为，发展到自媒体时代的用户生产和用户原创，再到科技赋能下的智能拍摄、智能识别、智能导播等，大幅提升了内容生产效率。期间，视频传播热点从长视频为主发展到短视频引爆，尤其是随着网络速度的不断提升，短视频成为网络时代出现频次最高、受众面最广的视频类型。

第一节 短视频策划与创作准备

据中国互联网络信息中心发布的第 50 次《中国互联网络发展状况统计报告》显示，截至 2022 年 6 月，我国短视频用户规模达 9.62 亿人，占网民整体的 91.5%。当然无论视频的传播平台和制作手段如何变化，视频的拍摄技法和展现规律仍然沿用从电影时代实践和逐步形成的创作特点和表达技巧。尤其是短视频的策划、拍摄和制作的手段，也沿用了影视创作的规律。

一、短视频策划

视频，泛指将一系列静态影像以电信号的方式加以捕捉、记录、处理、储存、传送与重现的各种技术。人眼对视频的视觉感受，来自视觉暂留现象，又称"余晖效应"。英国伦敦大学教授彼得·马克·罗杰特于 1824 年在他的研究报告《移动物体的视觉暂留现象》中提出，人眼在观察景物时，光信号传入大脑神经，需经过一段短暂的时间，光的作用结束后，视觉形象并不立即消失，这种残留的视觉称为"后像"，视觉的这一现象则被称为"视觉暂留"。连续的图像变化每秒超过 24 帧（幅）画面以上时，根据视觉暂留原理，人眼无法辨别单幅的静态画面，看上去是平滑连续的视觉效果，这样连续的画面叫做视频。

视频技术最早源于电视领域，自 20 世纪 20 年代电视从实验室走向公众生活以来的百年间，视频从电视机走向新媒体平台，成为大众生活中极为重要的组成部分。尤其是随着

2017 年我国短视频市场垂直细分模式的全面开启，短视频成为国人生活中最为活跃的视频样式。据中国广视索福瑞媒介研究（CSM）发布的《2021 年短视频用户价值研究报告》显示，2021 年我国人均每天观看短视频一项的时长就达到 87 分钟。

策划即"出谋划策"，在不同的国家和地区有不一样的表述，日本多称为"企划"，美国则多以"咨询"一词出现。策划是包含了理性的思考、缜密的谋略和详尽的规划，并最终实现既定目标的一种思维活动和实践能力。自古以来，在很多人类活动和行业中都会出现"策划"，尤其是随着近代文明的发展，大量企业在市场环境中有效运用策划实现自身发展目标，使策划逐步进入管理学和营销学领域，策划学科的理论体系和实践方法体系都得到完善，进而形成整个策划产业。

正如前述，从时间轴而言，短视频与策划的结合最早源于电视与策划的组合。自 1929 年世界上最早的电视台在英国试播成功，到 20 世纪 90 年代电视行业的成熟，在发展和创新电视节目过程中，电视与策划自然地实现联姻，电视策划实践、理论和相关学科应运而生。胡智锋教授在其《中国电视策划与设计》一书中表示："电视策划存在的理由和价值就在于提高电视生产与传播的质量与水平。"

伴随着新媒体时代的到来，尤其是新媒体随着技术的迭代迅速跨入自媒体时代后，视频更多地从电视走向了媒体化的手机。为适应手机媒体受众的需求，短视频应运而生，短视频策划也自然出现。具体到短视频策划的定义，如同自媒体的百花齐放一般，学者们有自己的观点。如侧重从短视频策划的过程性出发描述策划的动态性；从内容出发概括短视频策划的手段、目标和要素；从结果的梳理出发侧重描述短视频策划的作用和功能等。本书借鉴任金洲教授和雷蔚真教授对电视策划的描述，对短视频策划作如下定义：短视频策划是以受众为出发点，以短视频为产品，为提高播放量和点击率，进而实现短视频的社会和经济效益，整合各项资源，科学地进行策略规划思维和实施的创造性生产过程。

围绕具体的短视频设计与制作而开展的策划是短视频策划的前期阶段，主要在接受客户需求及前期调研基础上，对短视频的选题、内容、展现形式等进行先期规划，并制订具有可行性的拍摄方案。

（一）选题

选题是指短视频作品的题材选择，是短视频创作流程中需要把握的首要环节。无论是对中长视频还是短视频而言，选题都是视频策划中至关重要的一个环节。在进行选题策划时，需要了解和分析客户或用户的精准需求，明晰目标人群的调性，从而有针对性地去实现精准信息的传达和转化，实现最终的传播目标。

以自媒体中常见的短视频为例，当前常见的选题方向有娱乐类、生活类、美食类、科技数码类、人文类以及产品类等。生产方式主要有 UGC（普通用户原创内容）、PUGC（专业用户原创内容）、PGC（专业机构生产内容）三种。但不管是何种选题类型和生产方式，在进行短视频选题策划时，都需要做好以下几个方面的工作。

1. 以目标受众为中心

受众即信息传播的接收者，受众从宏观上来看是一个巨大的集合体，从微观上来看体现为具有丰富的社会多样性的人。开展选题策划时首先要明晰谁是短视频的目标受众，从而明确此短视频主要是拍摄给哪个群体观看。

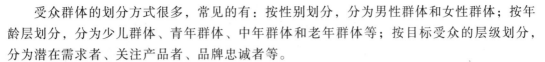

受众群体的划分方式很多，常见的有：按性别划分，分为男性群体和女性群体；按年龄层划分，分为少儿群体、青年群体、中年群体和老年群体等；按目标受众的层级划分，分为潜在需求者、关注产品者、品牌忠诚者等。

不同的受众群体对短视频有不同的接受度，因此要按照不同的受众群体的特点和需求来开展选题的策划。这是保证短视频播放量、点击率和传播有效性的重要影响因素。

2. 注重作品的价值输出

短视频作品的价值主要包括传播过程中和传播后产生的个人价值、社会价值、经济价值和文化价值等。在进行短视频选题策划时，要从价值输出角度对选题进行有针对性的选择。

价值的主体是短视频受众，因而在考虑短视频价值输出时，尤其要重视目标受众的特点和需求。一是结合受众群体的分类确定主体价值目标，如对青少年群体而言，不可忽略作品对其价值观的正面引导；二是考虑直接触发受众点击、收藏、点赞、评论和转发等行为，激发目标受众的主动分享，从而达到作品价值输出的最大化。

3. 注重互动性

互动性是新媒体的基本传播特性，而当前短视频行业作为新媒体产业的蓝海，在新媒体拥抱视听潮流的当下，短视频的互动性特征也越来越受重视和凸显。所谓互动性，即传播者和受众之间的双向互动，传播者几乎在发出信息的同时就能得到反馈信息，传、受两者之间信息的交流选择是双向的。

当前，短视频的基础互动方式为点播、评论、弹幕，在开展选题策划时，可多考虑植入强互动性的内容，比如新闻热点、社会焦点、行业关注点等，从而引起高关注度和强参与性，提升短视频的互动率。

4. 遵守网络传播管理规范

选题策划中，最基础也是最重要的一点是要遵守由国务院和有关部委推出的各类网络媒体管理办法，如《网络短视频内容审核标准细则（2021）》《互联网信息服务管理办法》《互联网出版管理暂行规定》《互联网等信息网络传播视听节目管理办法》《互联网著作权行政保护办法》等。

短视频选题要有创意，但注意不要有虚假、夸张成分，不要违背公序良俗，不要用触碰规则底线的方式吸引流量。要引导受众向上向善，要符合我国对网络传播的各种管理规范和要求。

（二）内容

传播领域有一个词叫"内容为王"。创立美国第三大传媒公司维亚康姆集团的雷石东于 1990 年提出："传媒企业的基石必须而且绝对必须是内容，内容就是一切"。2003 年，我国知名传播学者喻国明教授在此基础上提出"内容为王"一词。喻教授认为，传媒产业价值链中的内容生产和渠道建设两者都非常重要，但"无论通道是修在天上还是地上，内容是需求不可离弃的东西，内容的价值保障，也许比渠道建设更可靠"。在大众传播时代，专业媒体对内容生产都十分重视。但新媒体时代带来了多元化的传播渠道，内容创作从大众传播时代的专业媒体生产转向多元兼容，创作者水平参差不齐、创作目的各异，对流量的追求迅速盖过对内容的专注，催生出大量内容价值缺失的低质量作品。

此现象引起了专家、学者和相关职能部门的高度重视。2020 年 9 月，中共中央办公厅、国务院办公厅印发了《关于加快推进媒体深度融合发展的意见》。意见指出要"建立以内容建设为根本、先进技术为支撑、创新管理为保障的全媒体传播体系"，从国家层面对媒体内容建设的重要性作出了界定，即内容是媒体发展之根本。

在开展短视频策划过程中，对内容的策划应结合受众、技术、渠道等特点和要求，着重从原创性、知识性、专业性、情感性、娱乐性、健康性等层面展开内容创作。目前，有相当一部分短视频创作者/机构粗暴地抓住"流量至上"，过度沉溺于注意力经济，在作品质量上出现各种问题，这要引起创作者的重视。早在 2018 年，我国就出台了《网络短视频内容审核标准细则》，短视频的内容审核标准对标长视频，要求短视频创作者树立精品意识，提升视频内容品质，提高原创能力，传播思想精深、艺术精湛、制作精良的好作品。

"内容为王"在新媒体时代仍然是视频创作的密码，能为受众提供具有权威性、原创性、专业性、多元化同时又具有深度的优质内容，是短视频创作者能在视频领域做出一番事业的基本条件。

（三）展示形式

短视频展示形式，指短视频以何种样式展现给观众。在进行短视频策划时要对视频的展示形式有预先的设定，并根据该形式的特点进行设计、拍摄和制作。常见的短视频展示形式主要包含图文式、解说式、脱口秀式、短剧式、模仿式和 vlog 式等。

1. 图文式

图文式短视频就是利用图片和文字作为视频的图像部分，加上由解说、旁白、BGM、音效等构成的声音部分制作成完整的短视频，如图 1-1 所示。这是短视频中最简单、成本最低的展示形式。图文式制作的优点是流程简单，易上手，易操作，但是缺点也很明显，即比较难达到良好的视觉效果。

图 1-1　图文式短视频截图示例

2. 解说式

解说式是网络短视频运用得比较多的一种展示形式，由作者搜集视频素材做剪辑加工，撰写解说词加入配音，并配上片头、片尾、字幕和音乐、音效等完成短视频制作。如影视解说，就是常见的解说式短视频。

解说短视频对创作者的剪辑、脚本创作能力和配音水平要求比较高。这类短视频通过声音和直观画面进行传播，很容易带给目标受众情绪感染。成功的解说式短视频可以说是对原作品的二次创作，甚至可以达到互相促进、互相成就的传播效果。

在制作解说式短视频时，需要注意所使用的影视作品等视频资料和素材的版权问题。2021 年 12 月，中国网络视听节目服务协会发布了《网络短视频内容审核标准细则（2021）》，其中具体细则第二十一条中规定不被允许的情况之一：未经授权自行剪切、改编电影、电视剧、网络影视剧等各类视听节目及片段的。

3. 脱口秀式

大众传播领域的脱口秀是大众传播时代出现且受众非常喜爱的一种广播、电视节目或是主持风格。在西方传媒领域，脱口秀节目和知名脱口秀主持人都很受欢迎。在我国广播电视专业辞典——《广播电视简明辞典》中，脱口秀被定义为"通过讨论对新闻或社会问题进行评论、表达观点的一种形式"。

表演领域的脱口秀，是广播、电视脱口秀节目的源头。这类表演早在 18 世纪英格兰地区的咖啡集会上形成，之后在当地喜剧俱乐部、喜剧剧场、酒吧兴起，特点是由单个演员在舞台或特定区域进行表演，形式上与观众近距离互动，类似我国的单口相声，英文名称为"Stand – up Comedy"。

脱口秀式的短视频结合了广播和电视脱口秀节目，也融合了脱口秀这一表演样式，是一种常见的短视频样貌。脱口秀式短视频从制作角度来说，技术上操作难度不高，成本可控，但是对表演者和内容的要求比较高。如果要尝试脱口秀式短视频，首先，主角的选择和人设的打造必须清晰、明确和具备高辨识度；其次，对作品文案的写作要尤其用心，内容要新，要有关注度，更要有价值，能让受众看了以后有所收获，或是有新的认知。如果制作短视频的目的是销售商品或打造个人 IP，脱口秀短视频是不错的选择。

如由浙江杭州的电台主持人于虎创办的"虎哥说车"，至 2022 年年底，其在抖音上的粉丝量超过 3000 万人，视频通过激情、风趣的语言和形式说车、说人、说事、说现象，从知识分享到展现和弘扬正能量，是脱口秀式短视频的典型代表。

4. 模仿式

模仿是一种文学修辞方法，"仿拟（模仿、仿用）是按照已有的语言表达形式，临时造出新的语言形式的一种辞格"。模仿类短视频是短视频平台上常见的同款类，是使用原创作品的创作成分创造出新的作品，其前提是依据已有的其他享有著作权的作品，通过模仿以及重新创意最终制作出具有独创性的视频。

在制作模仿式短视频时，与解说式短视频一样要注意明晰著作权问题，注重自身作品创作中的独创性体现和个性化表达，要划分好模仿和抄袭的界限。

5. vlog 式

vlog 即视频日志或日志视频，源于 blog 的变体，可以称之为视频博客，创作者以影像代替"文字＋图片"的形式，将短视频作为书写方式记录自己的日常，注重开放、个性、共享和互动，其兼具艺术性和个性化的表达方式很受年轻一代的喜欢，如图1-2所示。

因为他们变得更好

图1-2　vlog视频

vlog式短视频的主题非常广泛，常见的vlog类别包含旅行、美食、健身、情感、励志等。策划和制作vlog式短视频时，要有明确的内容主题，主次分明，重点突出，避免做成流水账；叙事表达讲究客观、纪实和个性化，突出vlog"日志"特质；创立自己的影像风格和剪辑节奏，并注重创作者人格魅力的挖掘和打造，从而得到目标受众的共鸣和持续关注。

6. 短剧式

短剧式短视频为叙事短片，通过短剧情的形式把要表达的主题展示出来。短剧制作一般需要一个较专业的团队，编剧、导演、摄影、演员、剪辑等工作人员齐全，因此制作难度大、成本高，与前几种短视频类别相比，属于较为高阶的短视频作品样式。短剧视频从前期的脚本撰写，拍摄场景的挑选和设计，到拍摄技能的掌握和后期的视频剪辑等都需要创作者具备较好的专业能力。

二、短视频创作准备

在正式开展短视频拍摄前，需要做好创作准备工作，从短视频的拍摄目的、受众定位、选题和主题确定，再到短视频脚本的策划、团队组建以及器材的准备等一系列的工作，在拍摄前都要做好相应准备。创作的准备工作是否完善、是否有效，直接影响和决定短视频的拍摄、制作和最后呈现的效果。从这个意义上来说，前期的创作准备非常重要，有句俗话叫"磨刀不误砍柴工"，事先做好充分准备，能使后面的工作更加有效。拍摄准备工作流程如图1-3所示。

（一）明确受众定位

明确受众定位就是做好用户画像，根据受众群体确定短视频风格。用户画像又称用户角色，是一种勾画目标用户、联系用户诉求与设计方向的有效工具。通过用户画像分析确定目标受众具有普遍性的共同特征，基于此设定短视频的大致风格。

图1-3 拍摄准备工作流程

（二）选定拍摄主题、策划视频脚本

在确定短视频风格后，进一步选定拍摄主题，并围绕主题展开短视频脚本的策划。

短视频脚本是拍摄阶段的指导性文件，其构成要素包括拍摄目的、框架搭建、人物设置、场景设置、故事线索、影调风格、音乐风格和镜头风格等，如表1-1所示。

表1-1　　　　　　　　　　　　短视频脚本构成要素

构成要素	具体意义
拍摄目的	明确短视频用途为展示商品、企业宣传或记录生活等
框架搭建	明确拍摄主题、故事线索、人物关系、场景选择等
人物设置	人物数量、角色类型
场景设置	确定拍摄场所
故事线索	撰写故事梗概
影调风格	根据主题确定影调类型和风格（搞笑、喜剧、悲剧等）
音乐风格	确定渲染剧情的BGM风格
镜头风格	确定镜头语言风格

（三）组建制作团队

一般来说，短视频制作团队基本的人员构成包含导演/编导、撰稿、摄像、剪辑、演员、运营等，如表1-2所示。

表1-2　　　　　　　　　　　　制作团队人员构成

制作团队基本构成		
序号	工种	主要任务
1	导演/编导	对视频总体
2	撰稿	视频文稿创作
3	摄像	镜头素材的拍摄
4	剪辑	视频后期剪辑和制作
5	演员	视频角色的诠释
6	运营	视频传播和推广

（1）导演/编导：应具备短视频策划、创作、制作等方面的专业知识，具有较高的理论修养和文艺鉴赏能力，是短视频制作团队的核心人物，对短视频的总体策划和完成负总责，并协调各工种工作和拍摄、制作进度，确保最终的任务完成。

（2）撰稿：主要负责稿件撰写，承担短视频中所有文稿的创作和修改等。需要说明的是，在部分短视频创作中，撰稿工作常常由导演或编导承担。

（3）摄像：按照导演/编导的要求完成短视频素材的拍摄。优秀的摄像师能够出色完成视频素材采集任务，为短视频的整体质量起到加分的作用。

（4）剪辑：负责在导演/编导带领下完成短视频的后期剪辑和包装工作。剪辑是一个再创作的过程，是根据短视频脚本和剪辑规律，对镜头进行筛选、组接、调色，加入声音、铺陈 BGM，添加特效等，准确地把视频主题表达出来。

（5）演员：在短视频中承担表演工作的人员。很多短视频和网络视频中的演员都是非专业的，因此在选择演员过程中要根据短视频类型和主题选择与角色定位一致的演员进行表演。

（6）运营：短视频制作完成后，运营人员负责视频传播和推广、用户管理和互动、渠道管理和维护、数据收集和分析等工作。在多渠道、多平台的传播时代，如果没有优秀的运营人员进行传播推广，无论短视频做得多精彩也难免落入无人问津的境地。因此，运营的重要性不言而喻。运营要准确把握用户需求，保持对用户的敏感度，了解用户喜好、习惯和行为，更好地完成短视频的传播推广工作。

（四）准备拍摄器材

拍摄器材包含两个类别，一是拍摄设备，二是拍摄辅助器材。常用的拍摄设备有智能手机、单反相机、摄像机。辅助器材包括航拍器、稳定器、录音设备和照明设备等。

近年来，智能手机的摄像功能越来越强大，有些智能手机在推出新机型时常常主打摄影、摄像功能，大部分品牌的中、高端机基本上都可以满足短视频的拍摄要求。单反相机是相比智能手机进阶一步的摄像设备，单反相机配合出色的镜头，可以满足对视频质量要求比较高的短视频创作。再往前进阶一步，就是摄像机了。摄像机是所有拍摄器材中最为专业的拍摄设备，当然投入成本也相对较高。在进行短视频创作时，可根据视频的总体要求选择合适的拍摄设备。

确定了主设备，辅助设备当然也不能少。如三角架，手机或相机的云台、滑轨，还有航拍器等，这些辅助设备能增强镜头的表现力和有效使用率；又如照明设备，摄像艺术说到底就是光的艺术，因此对光的表现和利用非常重要，在拍摄中利用好照明设备，可以使镜头的表现力更加完美；再如录音设备，可以保证声音部分的有效录制，也是很重要的辅助拍摄设备。

（五）熟悉剪辑工具

视频剪辑工具是短视频后期制作中最重要的应用软件，主要进行镜头的剪辑、声音的添加和编辑、特效和滤镜的应用等。短视频最后呈现的效果如何，剪辑软件将起到非常重要的作用。目前常用剪辑工具有 Premiere、EDIUS、爱剪辑、会声会影等，熟悉剪辑软件有利于短视频创作工作效率的提升。

第二节

短视频拍摄设备和配件使用

一、设备分类

（一）摄像机

摄像机利用摄像器材的"光——电转换原理"和电子扫描方法，将镜头所摄取的光信号转换为相应的视频信号，再经过一系列的编码处理，合成为标准的彩色视频信号，就是我们看到的视频了。

以磁信号或数字信号记录于磁带或者数字存储设备然后进行播出，我们称为录播；直接发送信号进行播出，我们称为直播。

摄像机的种类从它的性能和用途上来划分，主要有三种类型：广播级、专业级和家用级。

1. 广播级摄像机

传统的广播电视领域中以及电视剧、大型演播室、视频类广告等画面要求比较高的视频类型，会采用广播级摄像机，这是所有摄像机中级别最高的一种摄像机。广播级摄像机的各项技术参数都是摄像机中最为优越的，因此它的优点在于图像质量好、性能佳。相对地，它也存在价格昂贵、体积大、分量重等特点或劣势。当前，随着摄像机技术的不断更新，广播级摄像机也在朝着高质量、固体化、小型化、自动化、数字化的方向发展。

2. 专业级摄像机

在广播电视领域外其他相对专业的视频制作场景中，专业级摄像机使用广泛，比如电教、工业、医疗等。相比广播级摄像机，专业级摄像机轻便、价格低、图像质量稍逊于广播级摄像机。但当前的专业摄像机更新很快，CCD 摄像器件质量水平有了很大提高，有些专业摄像机的清晰度、信噪比、灵敏度等重要指标已和广播级摄像机没有多大区别，只在彩色还原性、自动化方面还略逊于广播用摄像机。

3. 家用级摄像机

家用级摄像机以价格低、个头小、操作简便而见长，如图 1-4 所示。在使用上，家用级摄像机类似于相机中的傻瓜机，摄像新手都很容易操控它。相较前面两种摄像机，家用级的性能和图像质量都要逊色一些。但对大部分的短视频创作而言，家用机的画面质量完全够用了。

图 1-4　家用级摄像机

（二）相机

短视频创作领域，使用相机进行日常拍摄极为常见。目前市场上常见的相机种类有数码单反相机、卡片相机和微单，短视频拍摄常会选择单反和微单。

1. 数码单反相机

数码单镜反光相机（Digital Single Lens Reflex Camera，常简称为 DSLR），简称单反相机，是一种以数码方式记录成像的照相机，为专业级的数码相机，也是目前相机市场上最庞大的一个相机类别。它的最大特点是体积和重量相对合理，不会太大也不会太重，镜头可更换，足以应付大部分短视频的拍摄需求。利用数码单反相机拍摄短视频如图 1-5 所示。

图 1-5　利用数码单反相机拍摄短视频

2. 卡片相机

卡片相机即普通的数码相机，是一种小型的数码机，小巧的外形、相对较轻的机身以及超薄时尚的设计是衡量此类数码相机优劣的主要标准，如图 1-6 所示。卡片机很小，一般机身与镜头一体，是那种小到可以放进口袋的，随身携带不累赘。与数码单反相机相比，它的功能略显普通。卡片机拍摄的照片色彩、清晰度、对比度等相片参数都没有什么问题。但是拍摄视频的话，因为卡片相机没有麦克风接口，电池也不太经用，并不是很合适。

图 1-6　卡片相机

3. 微单

"微单"相机是介于数码单反相机和卡片机之间的跨界产品，如图 1 - 7 所示。微指微型小巧；单指单反相机的画质。微单的特点是便携性、专业性、时尚性，它拥有小巧的体积和类似于单反相机的画质。

图 1 - 7　微单

2010 年 6 月，索尼首推"微单"相机——NEX - 5 和 NEX - 3。微单较单反要轻便不少，样式多、时尚，因此一经推出便在女性群体中占有了不小的市场。随着近年来微单产品的不断迭代，用微单拍摄短视频成为很多创作者的首选。

（三）手机

短视频的诞生与发展与智能手机和 4G 网络的出现与普及密不可分，随着可便捷完成视频创作的智能手机的出现，以及网络速度的提升，短视频在视频领域异军突起，结合后续内容消费的升级、网红经济的爆发、社交属性的挖掘和激发，短视频在最近十年间成为视频领域最大的赢家。

手机分为智能机和非智能机两大类。其中智能手机进行短视频拍摄非常方便，当前手机端的视频剪辑 app 品类繁多、功能齐全，这使智能手机成为短视频创作中非常称手的制作工具。随着短视频传播平台的大量出现和制作、发布门槛的急速拉低，只要你拥有一台智能手机，就可以成为短视频内容创作者。因此，如果从这个意义上来说，单就网络短视频而言，拍摄设备中使用数量最大的就是手机。用手机配合手机云台进行视频创作如图 1 - 8 所示。

图 1 - 8　用手机配合手机云台进行视频创作

二、主要配件

在进行短视频创作时，摄像设备是主要工具，除此之外视频创作还需要使用到各种配件，以保障拍摄效果、提升镜头质量。

（一）电池

如果使用摄像机进行拍摄，除了在演播厅等室内及有电源的室外进行拍摄时可以使用外接电源供电，大量外录的摄像机普遍采用蓄电池供电。外出拍摄要根据拍摄周期和特点备足电池和充电器。摄像机最适宜工作的温度范围是5℃—35℃的常温范围，如果在低温条件下进行外录，电池耗电会增加，对电池的需求也相应增加。

使用照相机和手机进行短视频创作，电池的使用也要注意天气和温度。如果在较特殊的气温条件下进行拍摄，照相机最好多备一块电池，手机则备上充足的移动电源。

（二）三角架

三脚架是用来稳定摄像机、照相机的一种支撑架，按照材质分类可分为木质、高强塑料材质、合金材料、钢铁材料、火山石、碳纤维等多种。

短视频拍摄中三角架承担着重要任务，固定镜头和相当多运动镜头的拍摄都要仰仗三角架带来稳定性，如图1-9所示。因此选取一个稳定性好、使用方便而又相对轻便的三脚架对短视频创作来说十分必要。

图1-9　三角架能有效增强镜头的稳定性

（三）外接话筒

虽然专业的摄像机带有随机话筒，但外出拍摄时外接话筒也是必不可少，外接话筒分为有线和无线两种。有线话筒抗干扰能力强、收音稳定，音质效果也会更好一些，但灵活度不够；无线话筒使收音更灵活自由，胜在便捷性。优质的无线话筒价格较高，质量不够可靠的无线话筒则容易断频和啸叫，因此在选择无线话筒时首要关注的是品质。1拖2的无线话筒如图1-10所示。

图 1 - 10　1 拖 2 的无线话筒

(四) 稳定器

镜头的稳定性在我们后面的内容中会经常强调, 摄像辅助工具的开发和应用也非常关注如何能使镜头更稳定, 稳定器由此诞生。如今, 摄像机、相机和手机都有与之匹配的稳定器, 这使视频创作更加便利和高效。

摄影机稳定器斯坦尼康 (Steadicam) 是一种轻便的摄影机机座, 于 20 世纪 70 年代由美国电影人加勒特·布朗 (Garrett Brown) 发明, 并逐渐为业内普遍使用。被称为 "斯坦尼康之父" 的加勒特·布朗和他发明的斯坦尼康如图 1 - 11 所示。

图 1 - 11　被称为 "斯坦尼康之父" 的加勒特·布朗和他发明的斯坦尼康

相机和手机的手持稳定器, 也是短视频创作中必不可少的配件。目前市场上相机、手机的手持云台品类比较丰富, 可选择余地大, 可根据需求和自身条件来进行选配, 如图 1 - 12、图 1 - 13 所示。

图 1 – 12　利用相机手持稳定器进行短视频拍摄

图 1 – 13　利用手机云台可以拍摄到稳定、流畅的镜头

（五）航拍无人机

随着航拍无人机走入寻常百姓家，短视频创作中使用的航拍镜头也越来越多，有效提升了镜头的视觉冲击力，开拓了拍摄视野，提高了视频质量。我国的国产航拍无人机质量过硬，品类很全，可谓物美价廉，对短视频创作者来说成本压力不大。

航拍无人机的操控非常简便，但在使用上需要注意几点。一是在我国境内空域，最大起飞重量 250 克以上（含 250 克）的民用无人机需要使用者在中国民用航空局进行实名登记；二是要了解和学习关于禁飞和限飞的规章制度，合法使用航拍无人机。小型无人机航拍器如图 1 – 14 所示。

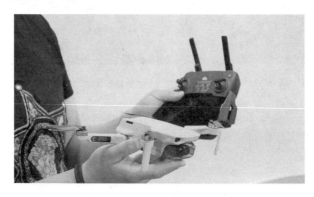

图 1 – 14　小型无人机航拍器

航拍器应用于短视频拍摄如图 1 – 15 所示。

图 1 – 15　航拍器应用于短视频拍摄

（六）滑轨

摄像机轨道、相机和手机滑轨，在进行短视频创作时也是非常必要的配件，尤其是移动镜头等运动镜头的拍摄，使用滑轨会更稳定和匀速，如图 1 – 16 所示。

图 1 – 16　利用滑轨进行拍摄

第三节

短视频拍摄的基本姿势要领

无论是使用手机、照相机还是摄像机进行短视频拍摄，要想获得稳定、清晰的镜头需要具备一定的拍摄技巧，其中最基础的是要掌握摄像的基本姿势。三类拍摄设备中摄像机的使用要求是最多和最严格的，因此本节内容以摄像机的拍摄姿势为主，介绍摄像的基本姿势和要领。相机与手机的拍摄要领，可以参考摄像机的拍摄姿势进行。

一、手持机拍摄

手持机拍摄指手持摄像机进行拍摄，主要分为站姿和跪蹲姿两种形式。

（一）站姿

手持摄像机站姿进行拍摄的时候，要求摄像师两腿自然开立，全身直立放松，重心下沉，如图 1 - 17 所示。拍摄的时候要注意，双腿不要绷得太紧太直，要自然地保持膝盖的适度弯曲，以增强稳定性。手持摄像机站姿开展运动拍摄时尤其要注意膝盖部分稍稍弯曲，通过小碎步移动或走动，利用膝盖起"减震"效果。

图 1 - 17　手持机拍摄

手持摄像机站姿拍摄时，摄像机可以扛着、可以抱着也可以拎着。摄像机扛在肩上，叫肩扛机式拍摄，如图 1 - 18 所示。此时，右手持握机器，左手轻扶镜头，右眼对准寻像器进行取景。

图 1 - 18　轻便摄像机的肩扛式拍摄姿势

肩扛式拍摄时的手部特写如图 1-19 所示。

图 1-19　肩扛式拍摄时的手部特写

轻便摄像机的肩扛式拍摄工作状态如图 1-20 所示。

图 1-20　轻便摄像机的肩扛式拍摄工作状态

也可以用手抱着摄像机机身,采用抱机形式进行拍摄。膝盖同样不要绷太直。同时也可以拎在手上进行拍摄,如图 1-21 所示。

图 1-21　轻便摄像机的手拎机拍摄姿势

手拎机拍摄的手部姿势如图 1-22 所示。

图 1-22 手拎机拍摄的手部姿势

现场手拎机拍摄如图 1-23 所示。

图 1-23 现场手拎机拍摄

（二）跪蹲姿

如果从低位向高位拍摄时，需要降低拍摄高度，摄像师可以选择采用跪姿或者蹲姿进行拍摄。

跪姿一般采用一条腿曲立，另一条腿膝盖跪撑在地上，以增加稳定性，如图 1-24 所示。跪姿拍摄时，机器可以扛在肩上、抱持机、放在腿上或手持机进行拍摄。

图 1-24 跪姿拍摄姿势

蹲姿拍摄时，双腿分开要比肩略宽一些，比较常见的是肩扛机式，也可以双手抱着摄像机在双腿之间进行拍摄。拍摄的时候，双肘可以利用大腿作依托，以保持稳定。

二、运用三角架拍摄

如果拍摄时间允许，需要拍摄稳定的镜头时，可采用三角架进行拍摄，如图 1 – 25 所示。

图 1 – 25　利用三角架进行拍摄，有利于镜头的稳定性

利用三角架拍摄是短视频创作中非常常见的拍摄姿势，随着摄像工具的不断开发，还可以结合三角架和移动轨道一起进行镜头拍摄，如图 1 – 26 所示。

图 1 – 26　滑轨与三角架结合拍摄

三角架拍摄时手部进行摄像机焦点的手动调节如图 1 – 27 所示。

图 1 – 27　三角架拍摄时手部进行摄像机焦点的手动调节

三角架拍摄时手部进行摄像机焦距的调节如图 1 – 28 所示。

图 1 – 28　三角架拍摄时手部进行摄像机焦距的调节

三、寻像器调节

寻像器是摄像机的窗口，它最初是比较笨重的光学取景器，如同一个小"望远镜"放置在摄像设备顶部；现如今已是小巧灵活具有辅助曝光和对焦功能的电子取景器。

寻像器作为摄录设备重要的组成部分，无法忽略。摄像师通过寻像器，可以选择镜头角度、范围，确定画面构图；同时，可以监看摄像机的工作状态，比如聚焦的虚实、视频信号的强弱等都在寻像器上可以查看；电池和储存卡即将用完，也会在寻像器上发出警告。除以上特点和作用外，使用寻像器进行拍摄可以有效减少周围环境对摄影师的干扰，包括外界环境亮度对摄影师感性视觉的影响，从而使摄影师能沉浸于视觉创作本身。

寻像器的调节一是调节其角度，使摄像师能舒服而贴合地使用；二是使用屈光度调节杆调节录像器画面的清晰度，使摄像师通过寻像器目视为清晰图像。

四、调节白平衡

白平衡英文名为 White Balance，是描述显示器中红、绿、蓝三基色混合生成后白色精确度的一项指标，是电视摄像领域一个非常重要的概念，通过它可以解决色彩还原和色调处理的一系列问题。摄像机上白平衡调节按钮（WHT BAL 键）如图 1 – 29 所示。

图 1 – 29　摄像机上白平衡调节按钮（**WHT BAL** 键）

调节白平衡的目的是保证摄像机获得机器需要的标准光源，从而使拍摄的画面色彩还原正常。我们把摄像机设想为一只"电眼睛"，调白平衡的原理是让这只"眼睛"去"看"眼前的一个白色物体，从而认知这种白，调节摄像机的滤色片和放大电路，让它输出的红、绿、蓝三路信号电平相等，从而使拍摄到的画面还原出正确的颜色，如图 1-30 所示。

图 1-30　摄像机的白平衡调节

短视频的画面特性和取材要求

一、短视频画面

短视频画面从广义上来说是指由电子摄录系统拍摄和制作的，由屏幕显现出来的图像。如果单就我们短视频拍摄来说的话，短视频画面其实就是摄像机从开机到关机不间断地拍摄所记录下来的片断，又称为镜头。短视画面是视听一体的，具有时间、空间两个层面的意义。

从时间意义上来看，如果把短视频画面做一个"定格"或是"静帧"处理，就是一张张平面的"画幅"，与照片没有区别。流动中的画面或者镜头，其实是这种一张张的"画幅"以每秒钟 24 帧的速度连续运动而形成的。

从空间意义上来讲，画面又有屏幕显示、平面造型和框架结构等几方面的特点。

二、短视频画面的特性

短视频画面有声画一体、时空一致的特点，主要包含空间和时间两个层面的特性。

我们看到那些制作精良的视频，基本上都由多个镜头剪辑组合而成。如果静止地来看未经剪辑的一个个镜头，画面当中表现的内容是明确和孤立的，比如山就是山、水就是水、鱼就是鱼；但如果把画面通过一定的手段组合起来，就会构成特定的画面语汇，使视频所表现的意义不仅仅局限在我们所看到的表面内容，而极有可能是富于变化、充满内涵的。如果以写作来比喻，一个个镜头就是独立的字词，镜头组接起来便成了句，成了段落和完整的篇章，也便有了主题思想、行文风格和气质。

知名纪录片导演张以庆的《幼儿园》记录了"零零后"出生的一批孩子的幼儿园寄宿生活，其中有一组镜头对准一个女孩子，孩子的行为配合老师的现场声："马玉兰又用手抓着吃，不讲卫生""马玉兰用手在里边抠""马玉兰，你在干什么呀""马玉兰……"。每个单独的镜头似乎都在控诉马玉兰如何捣乱；一组镜头下来，一个大胆活跃、调皮捣蛋的可爱小女生形象呼之欲出，如图 1 – 31 所示。这就是镜头剪辑后形成的画面语汇。

图 1 – 31　《幼儿园》里的马玉兰形象的塑造（导演：张以庆）

（一）短视频画面的空间特性

1. 屏幕显示

从电视、电脑到手机都是通过或大或小的屏幕来展示画面，因此镜头的首个空间特性便是屏幕显示。

传统的电影是通过胶片来记录画面，胶片与我们看到的画面之间还有一些冲洗工序，再通过放映机将拷贝上的影像投放在银幕上还原成原始的记录图像。它的工作流程为：景物→胶片→冲洗→图像。

而我们现在看到的视频，包括电视和网络短视频，是通过摄像设备把景物转化为强弱不同的电信号，通过电子显像管把这些电信号转换成光信号。它的工作流程为：景物→电信号→光信号→图像。

两个不同的工作流程，形成不同的对图像的反映过程，使它们具有自身不同的特点。比如，虽然摄像设备在不断更新迭代使视觉效果越来越好，但视频画面相比电影胶片的画面色彩更夸张和鲜亮，画面层次也仍然如胶片电影的丰富细腻。

另外，短视频一般都是直接在手机或电脑上进行播放，这几个播放平台相比电影的银幕有一个特点，就是它们都有电子屏幕的最低照度，因此在短视频的播出中我们看不到纯黑部分，而电影银幕是有纯黑的。

2. 平面造型

平面造型即二维造型艺术。我们的现实生活是由长、宽和深组成的三维空间。而视频能展现的则是长和宽构成的二维空间，与摄影、绘画等其他平面造型艺术是一样的，对于现实生活中三维的立体空间，视频同照片和图画一样没有办法呈现。因此，短视频创作是一种典型的平面造型艺术。

但是视频相比摄影和绘画在视觉上也有不同之处，有其自身鲜明的特点——视频是一种动态的造型艺术，可以利用动态营造和突破平面造型的局限，从而创造具有纵深感的三维立体空间。因此，视频常被称为是一种特殊的平面造型艺术。

3. 框架结构

视频是二维平面的，而其展示的媒介如手机、电脑、电视机等屏幕，都是由长和宽四条线构成的平面体。其中电视机和普通电脑，其四周边缘的两条水平线长于两条垂直线，是横屏的；手机和平板电脑，横、竖可以自由设定，可以选择横屏观看，也可以竖屏，但也是由四条边组成的框架，如图 1-32 所示。这就是画面的框架结构。

图 1-32　电视机、手机的竖幅画面和平板电脑的横幅画面

正因为框架结构的存在，我们在进行短视频创作时会对构图进行规范，包括横幅、竖幅的选择，画幅比例的选择，都是基于这个框架来进行规范，在这个框架当中去实现和完成。

同时，框架也给短视频表达提供了一个稳定的基底。也就是说，观看短视频的人，他们的视、知觉活动都是参照这个框架进行的，即画面内物体是否平衡都是在与框架的对比中形成的。

在进行短视频创作时，要根据传播媒介或平台的框架结构进行画幅的设定，据此进行画面构图。

（二）短视频画面的时间特性

视频是对时间的记录，是一种时空结合的表现形式。从单个镜头来看，画面中的时间与现实生活中的时间特性一致，具有单向性特点，"今人不见古时月"，时间如流水一路向前、一去个返。

但对视频艺术而言，"今月曾经照古人"，时间的含义非常丰富。就单个镜头中表现出来的时间含义可以分三个层次来理解。一是镜头的实际时间。比如有个镜头的时间长度是 5 秒或者 10 秒，它的实际时间便是 5 秒、10 秒的忠实纪录。二是一个镜头所表现出来的时间。比如一个延时镜头里的"云卷云舒"或"花开花落"，镜头的长度也许只有 5

秒、10 秒，但表现出来的时间不会是 5 秒、10 秒而已，几秒钟内云朵不会有那么多的变化莫测，即使是"一现"的昙花也不可能在这么短时间里盛开和凋零。因此，这里的镜头长度虽然只有几秒，但表现出来的时间便是云来云往、花开花谢的时间，只不过镜头里对时间进行了压缩。三是观众主观感受到的时间。每位受众在看视频的时候会对内容有自己的个人感受，他们不会掐着表对每一个画面进行时间测算，不同年龄、不同性别、不同成长背景的人对同一个画面的感受都会有差异。比如用 3 秒钟记录一片落叶的镜头，有人观看时就看见一片落叶而已；有人看了后会期待夏暑快快消散、秋日的绚丽快点到来；有人则会联想到"一叶落而知秋"，感叹岁月荏苒。

在进行短视频创作时，镜头的时间特性要合理运用，有效把控镜头的内涵，在剪辑成片时使作品的内容能做到充实、丰富而饱含意蕴。

三、短视频画面的取材要求

短视频的摄录是以摄像技术为基础，通过技术要素的不断提升、拓展和对艺术表达的不断探索、创新，去满足短视频受众持续提升的艺术审美需求。因此，摄像是一门技术与艺术结合和并重的工作，对画面的取材要求，也是从技术与艺术两个方面出发进行归纳。具体而言要做到以下几点。

（一）时空信息简明集中、清晰准确

短视频是一种平面造型艺术，它有动态的优势，但也存在转瞬即逝的特征。在摄录画面时要注意信息表达上的简明集中和清晰准确，并能够让受众有效接收到这些信息。从这个方面来讲，短视频拍摄中主题突出非常重要——创作者想表达什么，一定要在画面中清晰准确地表现出来。

（二）光色还原力求真实、准确

光色即"光源的颜色"，不同环境下光色会有不同，对画面呈现而言，准确还原光色非常重要，对摄像而言是技术方面的基本要求。要做到光色还原正常，需要掌握拍摄设备中关于白平衡和色温的相关知识与技术。另外，画面的焦点等技术指标也要做到标准，使镜头中场景、人物的色彩呈现和虚实情况都准确地达到预期效果。

（三）镜头运动力求稳定、流畅、到位

运动镜头在短视频中的用量非常大，不同的运动镜头都会涉及镜头的运动，此时，最重要的是做到稳定、流畅及表达到位。

当下，短视频的创作门槛较低，只要有一台智能手机就可以创作和传播短视频作品。很多没有经过训练的人拍摄视频时最喜欢运动，拿着手机东扫、西扫，如同一个人到了陌生环境眼睛会不由自主、没有目标地左顾右盼，表现在画面中常常是一种令人无法忍受的晃动，原因就在于镜头运动时没有做到稳定、流畅和目标明确。

镜头的运动有技巧和章法，详细的内容将在"运动镜头"章节中介绍。总之，不论是新手还是成熟的摄像者，要记住：镜头运动的时候，"稳"字当先。

（四）注意同期声采录

同期声指在记录图像信号的同时记录下来的声音信号。人物同期声经常用来表现人物的采访和人物的语言交流；环境同期声有时被称为现场声，是现场与画面同步录制下来的

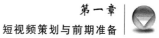

环境的声音，与画面部分一起有效还原现场的真实情况。

　　同期声是否全部用在成片中，如何用，一般会在后期制作中进行取舍。在前期拍摄的时候，同期声要进行当场采录，因为短视频是声画一体的艺术，声音与画面在传播中具有同等重要的地位，而现场的这部分音频是声音中非常重要的组成部分。

练习题

1. 短视频选题策划应该做好哪几方面的工作？
2. 常见的短视频展示形式有哪些？你最欣赏哪一种形式，为什么？
3. 简述短视频创作准备工作流程。
4. 实训：利用现有设备开展短视频拍摄的基本姿势训练。

第二章
短视频的影像造型元素

短视频的影像造型元素包含了画面景别、拍摄角度和构图等。在本章内容中，我们着重了解五级景别和短视频的拍摄角度。

第一节

景　别

短视频主要是通过画面来传递信息、表现主题内容，以及传递相关信息和反映主题思想的。画面主要来自自然世界和现实生活，通过相应的艺术手法来进行录制。在录制短视频中，造型元素主要包括画面景别、构图形式元素、拍摄角度、画面运动和画面长度等。其中景别是短视频创作中非常重要的造型元素。

美国导演大卫·格里菲斯（D. W. Griffith，1875 年 1 月 22 日—1948 年 7 月 23 日）是最早有意识地运用景别进行叙事的电影人。在电影创作中，格里菲斯发现摄像机摆脱以往固定视点的拍摄可以使镜头起到更积极的作用，于是他在其影片中开始运用不同的景别展示环境、空间、人物的细部描写等。

一、景别的定义

景别就是被摄体在画面中表现出的视域范围，即被摄体在画面中空间范围的大小和主体在画面中所占面积的大小。

在影视创作实践中，对景别主要有两种划分方式，一种为五级景别，另一种为更为细化的九级景别。五级景别包含远景、全景、中景、近景、特写五种，如图 2-1 所示；九级景别将景别类型分为大远景、远景、大全景、全景、中景、中近景、近景、特写和大特写九类。

在日常的短视频创作中，掌握到五级景别的概念、特点以及表现形式，也就基本就能对视频进行有效地表现了。

图 2 - 1　五级景别示例

景别在短视频摄像中是最为常用的一种造型元素，它是一种外在的影像语言形式，主要通过改变画面中空间、环境与主体的关系来引导观众视线。可以说，短视频镜头中画面空间的表达形式大都是在景别中进行体现。短视频通过不同景别的镜头，通过被摄主体的远近、空间范围的大小对内容给予准确地表现，实现最好的叙事和表现效果。

画面中景别的大小主要取决于两个方面的因素，一是摄像机和被摄主体之间的实际距离远近，二是摄像机所使用镜头的焦距长短。在拍摄角度不变的前提下，拍摄距离的改变可使画面形象的大小产生变化，拍摄距离缩短则主体变大景别变小，拍摄距离拉远则主体缩小景别变大。

还有一种情况，即由画面景物大小的变化引起的不同取景范围的变化，具体就是：在摄像机与被摄主体之间距离不变的情况之下，通过变化摄像机镜头焦距去实现画面景别的变化，即镜头焦距越长，空间越小、主体越大，画面景别越小；镜头焦距越短，空间越大、主体越小，画面景别越大。

二、景别的分类

在视频创作中，景别的划分主要有两类参照物：物和人。一种是以被摄物体在画面中的比例大小作为标准进行景别划分，另一种是以画框截取成年人身体部位的多少为标准进行划分。即根据被摄主体在画面中的影像大小和取景范围以及由此所带来的信息传递和感受上的不同特点来划分。可以说，景别不同，表现内容和功用均不相同。

五级景别是短视频创作中最为常用的景别分类法，它代表了传统影视价值取向，作为后期出现的九级景别划分法的基础，五级景别对创作新人来说既好掌握也好表现，如图 2 - 2 至图 2 - 6 所示。并且通过五组景别的熟练使用，能非常自然地进一步掌握九级景别。从本质上来说，五级景别与九级景别没有差别，只不过是对景别划分程度不同而已。

图 2 - 2　远景—主要表现大的环境空间

图 2 - 3　全景—表现建筑群全貌

图 2 - 4　中景—表现建筑局部

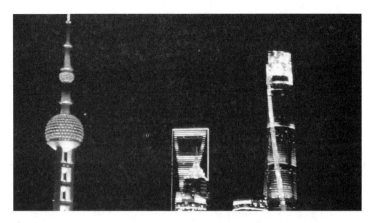

图 2 - 5　近景—表现建筑细化的局部

图 2 - 6　特写—摄影师和设备的特写

（一）远景

远景是表现远离摄像机的环境全貌，是展现较大范围的空间、环境、自然景色和群众活动场面的镜头画面，如图 2 - 7 所示。

图 2 - 7　用远景表现夕阳下的景色

远景是构图景别中视距最远、表现空间范围最大的一种景别。它的特点在于视觉壮观开阔，画面构图简单清晰，注重对景物和事物的宏观表现，力求在一个画面内尽可能多地展现景物和环境空间、规模、气势、场面等视觉信息，强调大的环境对人的视觉和心理的冲击和震撼，远景在拍摄时主要注重气势的表现。相对来说，在远景镜头中主体人物较小或者没有主体，背景占主要地位，画面主要强调整体感，而细部内容不强调，视觉上也不清晰。

在细化的九级景别划分中，远景分为大远景和远景两类。大远景的画面特点是开阔、壮观、有气势和有较强的抒情性，画面结构通常简单、清晰。大远景适于表现辽阔、深远的背景和渺茫宏大的自然景观，比如莽莽的群山、无垠的草原、浩瀚的海洋等。远景适合表现较开阔的场面和环境空间，如战争大场面、田园风光、群众聚会等，画面中人物隐约可辨但是不甚鲜明。远景画面特点是开朗、舒展，一些宏大形体的轮廓线条能够在画面中表现清楚。由陈熠之、丁铨执导，记录我国云南省黎贡山国家级自然保护区中珍稀动物天行长臂猿现状的纪录片《天行情歌》，记录了中国境内仅存 150 只左右的天行长臂猿不为人知的生存状况，其开篇便是远景镜头，用远景表现原始森林的整体感，如图 2 - 8 所示，通过远观把观众带入故事发生地，再徐徐展开接下来的故事。

图 2 - 8　纪录片《天行情歌》开篇的远景镜头

远景是我们在短视频中表现空间范围最大的一种景别，它能展示广阔的视野和宏大的空间，用来表现环境的气势和地理特征，相当于从很远的距离观看景物和人物，将多种景物集中在一个画面内，单个景物在画面上占据的位置较小。"远观其势"是远景重要的一个特征。

远景的画面构图一般不用前景，而注重通过深远的景物和开阔的视野将观众的视线引向远方，体现在文字表述上其意可理解为"远眺""眺望"等。拍摄远景时，要注意调动多种手段来表现空间深度和立体的视觉效果。因此，远景拍摄时尽量不用顺光，而选择侧光或侧逆光以形成画面层次，显示空气透视效果，并注意画面远处的景物线条透视和影调明暗，避免画面过于呆板和单调乏味。

此外，由于当前大家在观看短视频时常常会用手机、平板、电脑等较小的屏幕，远景的表现力在屏幕上有所损失。这就要求在短视频的拍摄中，摄像者处理远景画面时删繁就简，目的性要强，同时画面时间长度要足够充分，拍摄时摄像机的运动也不宜太快。

（二）全景

全景是指表现事物全貌的镜头，重点是表现主要对象的整体形象。对于单个人物来说，就是人物的全身镜头、人物完整形象；如果拍摄物体或场景，则是这个物体或场景的全貌。全景主要用来交代主体所处的位置与环境，是主体与环境并重的镜头。

全景画面将被摄事物或场景的全貌收进画框，使观众对所表现的事物、场景有一个完整的观照，如图2-9所示。因此，在新闻、纪实性短视频摄像中，全景画面这种直接再现被摄体和场景全貌的特点，可以充当介绍、记录和表现的重要角色，反映主要对象或主体事物的全貌，这种呈现给观众感觉会更真实、更客观。如果没有全景镜头，主要对象或主体全貌将无从了解。

图2-9　全景记录猴群

短视频拍摄中，全景画面还能够完整地表现人物的形体动作，通过对人物形体动作完整表现来反映人物内心情感和心理状态。通过特定环境和特定场景表现特定人物，可以完整地表现人物的形体动作，如图2-10所示，能够将个体或整体群体的性格、情绪和心理活动外化展现。由于远景中人物占比过小，近景难以反映人物活动空间和全身动作，而全景不但能表现事件和人物整体面貌，还能较多地传递主要对象周围的环境和空间信息。

图2-10　全景表现人物形体动作

全景在对主要对象与背景的关系、联系上具有特殊的揭示作用，还具有定位作用，即确定被摄人物或物体在实际空间中方位的作用。在短视频拍摄中，如在一组人物的近景之前或之后，加进一个所有人物均在画面中的全景镜头，将会使他们之间的空间关系具体方位一目了然。

全景是集纳构图造型元素最多的景别，因此，在短视频的拍摄中，要注意各元素之间的调配关系。拍摄全景画面时，要注意场面镜头切换中的光线、影调、人物运动及位置，还应着重于环境的渲染和烘托，以此来表现被摄主体及其空间位置，同时还要表现出周围环境与被摄主体的相互关系，如图 2－11 所示。

图 2－11　全景人物表现时要注重环境的光影抓取

拍摄全景时候需要注意的是：第一，要选择适当的前景来增强内容表达、增强纵深感；第二，选择与主体不同色调的背景来衬托主体、突出主体；第三，注意该场景下，其他小景别画面的色调、影调应以全景画面为基础，并注意所有画面总体光效的一致和轴线关系的一致。

远景、全景又称交代镜头，其中远景和全景的区别在于：第一，全景有具体的内容中心和结构主体，重视特定范围内某一具体对象的视觉轮廓形状、视觉中心地位；第二，全景反映人物和场景的总体情况、人物的形体动作；第三，与远景相比，全景已经开始注重呈现细节；第四，全景比远景更能够全面阐释人物与环境之间的密切关系，可以通过特定环境来表现特定人物，在短视频作品中被广泛地使用。

（三）中景

中景是表现成年人膝盖以上部分或者具有典型意义的局部场景的镜头，如图 2－12 所示。中景表现的是主要对象的主干部分，不反映事物的全貌，但体现主体事物的主要面貌和基本特征。如果拍摄主体是人物，中景镜头中人物上半身的形象则会非常突出，因此在拍摄时更要重视人物的具体动作的表现和叙事情节的推进，人物整体形象和环境空间在中景景别中降至次要位置。

图 2 - 12　中景常用于表现主体人物的上半身形象

中景画面主要用来交代动作、情节，突出人物的上半身，可以使观众看清人物的动作、姿态、手势和情绪交流，有利于在短视频中交代人与人、人与物之间的关系，以生动的情节吸引观众，常被用作叙事性的描写。中景作为叙事性的景别，在景别系统中属于叙事功能最强的景别之一。利用中景景别可以很好地兼顾表现人物之间、人物与周围环境之间的关系，又可以揭示人物的情绪、身份、相互关系及动作目的。

中景可以完整而突出地呈现人的手臂活动，在短视频中表现人物间的交谈时，画面的结构中心不是人物之间的空间位置，而是人物视线的相交点和情绪上的交流线。另外，在表现人与物的关系时，画面以人与物的连接线为结构线。

比如电影《飞行者》中人物对话的镜头主要在近景和中景间游走，需要表现人物上肢动作时，自然地拉到中景的景别，如图 2 - 13 所示；中间有人物与环境并重的全景，交代人物是在什么环境中交流，很快又回到中景表现人物上半身动作和他们的交流画面。

负责监督财务方面状况的人

图 2 - 13　电影《飞行者》中人物交流用中景表现

在拍摄中景时，应将表现中心集中于主要对象的肢体动作，此时中景比全景具有更强大的表现能力。因此，在表现这类情节时，中景拍摄要注意抓取具有本质特征的现象、表情和动作，使人物和镜头富于变化，画面构图随情节中心点的不断转换而变化，要始终将情节的中心点处理在画面的结构中心位置。而当中景的拍摄对象是物体时，要把握物体内部最富表现力的结构线，用画面表现出最能反映物体总体特征的局部。

中景作为一种承上启下的景别，它的特殊性在于：表现人物的全貌和环境的整体性上不如全景，但又表现了人物的主要部分，体现了环境的主要特征；它在刻画人物的表情和细微动作方面不如近景突出，但又能够有所表现。因此，中景在运用中容易出现错位，本应用全景或近景的镜头，却使用了中景，两头看似兼顾，但又不够充分和到位，这点是我们在拍摄和使用中景镜头时需要注意和避免的。

（四）近景

近景是表现成年人胸部以上部分或物体局部、并占据画幅面积的一半以上的画面。近景主要用来表现人物的神态，并通过神态反映人物的内心世界，或者是物体富有意义的局部。

与中景相比，近景画面表现的空间范围进一步缩小，环境和背景的作用进一步降低，画面内容单一，人物形象或被摄主体在近景画面中占主导地位。近景能细致地表现人物的面部神态和情绪，是一种将人物或被摄主体推向观众眼前的景别，如图 2 - 14 所示。

图 2 - 14　电影《我和我的祖国·相遇》中用近景表现男主角脸部表情

近景具有传神达意的功能，此时人的面部和胸部是人体中最重要的部位，人物的眼睛、头部会成为画面关注的重点，手势动作则变成破坏因素。近景镜头中，环境空间处于陪体地位，无法展示具体的细节和清晰的形状。

在近景镜头表现主体人物时，人物面部肌肉的颤动、眼神的变换、眉毛的抖动会给人留下深刻的印象，人物的眼睛成为最传神的重要元素，人的目光所透露的喜悦与哀伤会给人留下深刻印象，是我们在刻画和塑造人物时可以重点利用的。

由张以庆导演拍摄的纪录片《幼儿园》中，大量地运用近景镜头表现孩子们的表情进而展现各自的性格特征，他们在相处时的天真、可爱、机智、无助和习惯性的小动作，全部体现在面部表情的细微变化里，通过近景很好地呈现在观众面前，如图 2 - 15 所示。

图 2 - 15 纪录片《幼儿园》中用近景记录孩子的表情变化

近景很好地拉近了主体与观众的距离，有较好的亲和力。用视觉交流缩小观众与主体的心理距离，能有效地将观众带进特定情节或现场。近景画面由于其画面空间的近距离和画面范围的指向性，可以被充分利用来表现人物或物体富有意义的局部。观众在视频的有限空间中通过大景别画面看不清楚的局部动作和细节，能够在近景画面中得到视觉满足。

在短视频的拍摄中，近景运用逐渐增多，这和短视频多以电脑、平板电脑、手机等小屏幕播放终端观看有关，因此在进行近景镜头拍摄时要注意：尽量表现出画面中形象的真实性、生动性；近景拍摄受景深限制，对聚焦要求严格，尤其是在拍摄主体运动时，要注重表现空间透视关系，充分调动观众的参与感和现场感，使观众与主体有同处一个空间之感。

在近景镜头中主体突出，背景的作用弱化，在构图时要避免背景喧宾夺主。拍摄时镜头样式要简洁，色调统一，避开背景中易分散观众注意力的醒目物体，让主体始终处于画面结构的中心位置。如果在拍摄过程中发现拍摄主体的面部表情过于紧张，则可以适时重新拍摄。

在电影《天使爱美丽》中，男主角和女主角在游乐场通话的这一个段落中，男主角是接收信息的一方，用近景表现他的好奇、疑惑、又有些小期待。女主角是发出信息的一方，是特别强调的部分，则用到了特写，如图 2 - 16 所示。

图 2 - 16 电影《天使爱美丽》女主角的特写和男主角的近景

（五）特写

特写是表现成年人肩部以上的头像、人体的某一局部，或者一件物体或物品的某一细部的镜头。特写镜头具有明确和指向性和强调作用，具有强调、提示或制造悬念等效果。特写镜头的出现和运用，丰富和增强了视频艺术独特的表现力。

特写镜头表现的是拍摄对象的局部和细部，如果拍摄的是人物，主要表现人的面部或是手部等某一局部，起到刻画人物、表现复杂人物关系的功能。特写镜头具有重点强调的特性，如纪录片《蚕宝宝上山》中，运用特写镜头表现蚕宝宝吃食的细节，用嘴咀嚼桑叶，这种在生活中不常见的、特殊的、放大的视觉感受，给观众的视觉冲击力会比较强烈。再如电影《我和我的祖国·相遇》中，男主角在离开女主角三年后与她在公交车上相遇，虽然男主角戴着口罩，女主角还是认出了他。特写镜头在男主角和女主角间切换，他们用眼神和表情表演出了相遇却不能重逢的复杂感情，如图 2 - 17 所示。

图 2 - 17　电影《我和我的祖国·相遇》男女主角在公交车上的相遇
不能相认，通过脸部的特写镜头进行细致地表现

电影《飞行者》开头有一组镜头，是男主角小时候母亲给他洗澡的镜头。这组镜头主要用特写景别表现了这位有着严重强迫症的母亲脸部和手部的细节，正是这些镜头把母亲的洁癖特征表达得非常充分，揭示了男主一生都将无法逃脱严重心理疾病的缘由。他的病症来自他母亲以爱之名亲手点着的火花，这是本部电影非常核心的线索，导演安排了大量特写镜头来进行强调和表现，如图 2 - 18 所示。

图 2 - 18　电影《飞行者》中母亲的特写镜头

因为特写具有很强的表现导向作用，所以常常用作场景转换时的转场镜头。在有叙事情节的短视频中，当表现某些特殊场面时，利用特写镜头转场具有较好的戏剧效果。如眨眼的特写，预示有大事将要发生；皱眉的特写，预示可能有意外情况的出现等。在场景转换时，可以利用特写场景指向不确定的特点，将镜头从特写打开到新的场景，给人意想不到的戏剧效果。

用特写表现景物时，可以表现细小但值得放大观察的地方，将其全部细节展示于观众面前。有人称特写是非常适合表现质地的景别，比如表现人物的手部，老人与孩子、男人与女人、体力劳动者与脑力劳动者等，他们之间的手部皮肤质感、纹理都不相同，不同质感、纹理、色泽的手部对应不同人物年龄、性别、职业、地方的一种形象和外化的表现。

拍摄特写镜头时需要注意以下几个要点。第一，构图要力求饱满，宁可选取范围大一些而不要造成取景不足，使特写成为对某一形象的"特别写照"。第二，镜头中要表现出物体细腻的质感，因此要严格控制好画面的曝光，不要影响物体的质感和画面色彩的饱和度。第三，使用特写要克制，面对空间复杂的景物或场面时，不要突兀地使用特写镜头，使观众无法确定物体所处环境，从而对视频中的空间感产生混乱。

第二节

景别的作用

一、景别的变化带来视点的变化

景别的变化，从大远景到特写，它们在空间感的表现上有一个从强到弱的变化。随着景别的变化，视点也在改变，拍摄者通过摄像造型达到从不同视距、不同视角满足观众观看被摄体的心理需求。

在进行不同景别镜头的拍摄中，拍摄距离的不同使观众能产生在不同位置上观看的感觉，拍摄者为满足观众这种心理感觉，需要从不同位置进行拍摄。如拍摄医生在手术，近距离拍摄的画面与远距离拍摄的画面给人的心理压迫感是完全不同的，远距离的大景别表现出来的紧迫感一定会大大低于近距离拍摄的小景别镜头。

短视频拍摄要适应手机、平板电脑等中小屏幕的观看，因此近距离景别特有的接近感和参与感能较为容易地激发观众的情感参与。一个感人的画面，能让观众如临现场，容易与情节产生情感共鸣，产生激动或悲痛等效果。因此，短视频作品中，小景别画面往往会用得比较多。

二、景别变化可以营造不同的节奏特性

景别的变化能实现造型意图、形成节奏变化，这是在拍摄中，通过摄像机或镜头与拍摄对象的距离变化形成的。距离远，画面景别大，横向空间就大；相反，距离越近，景别越小，横向空间距离就越小。

景别因远近不同、画面大小不同，在节奏的表现上必然会有所不同。远景系列的景别在视觉上使画面的速度减慢，节奏减缓；反之，近景系列因景别小距离近，会使画面速度提升，节奏变快。就像日常生活中，远观疾驰的高铁列车时会感觉车速不是很快，但站在站台近距离看到高铁列车从身旁呼啸而过，就会觉得速度超级快。两列高铁的速度相当，由于观看距离的不同，运动对象通过的实际距离也不同，以此产生节奏快慢的强烈对比。大景别和小景别镜头对运动的表现就是有这样的效果。

在短视频的拍摄中，使用远景画面接大全景画面，再接全景画面，节奏抒情、舒缓；

两极景别的镜头组接如全景接特写、远景接近景，节奏跳跃、急切。近景镜头多角度拍摄静止人物或事物，可以使静止事物看起来有动感，视频看起来产生轻松灵动的节奏。

三、主体范围变化具有明确指向性

通过景别的变化，使画面被摄主体的范围变化有更加明确的指向性，如在拍摄人物时，对人物使用近景、特写来刻画其脸部特征，来重点表现人物神态。同时远景景别注重表现空间位置，拍摄中要注重表现景物的层次感，注重画面整体效果表现。

画面组接中的景别

画面的不同景别可以表现不同的时空和内容，这里具有拍摄者主观的认知，同时也包括客观事物在拍摄和表现中的必然要求与反映，如高原的辽阔、大海的浩渺、群山的巍峨，这种宏大意象需要用远景系列景别去表现。小猫的神态、孩子的笑脸则应该用近景系列景别来刻画其细微神态。而像表现国庆阅兵宏大场面与观礼人群的严肃，则需要远景镜头与近景镜头画面的组接与配合，才能更好地表现整体事实的客观存在。

针对不同拍摄场景，拍摄者的镜头景别选择决定了观众视觉接受画面信息的取舍藏露，从而引导观众去注意和观看被摄内容，使画面对事物的表现有了更为丰富的层次，以及拍摄顺序和重点内容的突显等。因此，在一个短视频作品中景别运用是否得当和有效，是检验拍摄者思路是否清晰、表现意图是否明确的重要标准。

一、蒙太奇

蒙太奇（法语：Montage）是音译的外来语，原为建筑学术语，意为构成、装配，电影发明后又在法语中引申为"剪辑"，指当不同的镜头组接在一起时，往往会产生各个镜头单独存在时所不具有的含义和特质。在影视创作中，通过蒙太奇手段使影视的叙述在时间和空间的运用上取得极大的自由。蒙太奇在叙事中的应用非常广泛，技巧也很多。其中与景别系统有最直观联系的是前进式和后退式蒙太奇。

二、前进式蒙太奇

前进式蒙太奇是蒙太奇句型之一，它的视觉变化是从整体引向细节。前进式蒙太奇通过镜头转换，把远景、全景、中景以及近景和特写依次组接起来，景别由远而近地发展，产生由弱到强的节奏。在情绪表达上，具有一种逐渐上升的感染调子，适于表现逐渐高涨的情绪，或造成渐趋紧张的气氛。

如图 2-19、图 2-20 所示，这是来自纪录片《国际导演拍北京·重聚》的一组镜头，以两位人物的两条线索以前进式蒙太奇方式进行剧情的推进，表现了公交女司机对晨练的老人从"不经意看到→凝视→认出后会心微笑"这样一个步步深入的过程。

图 2 – 19　纪录片《国际导演拍北京·重聚》线索一　女公交车司机的前进式蒙太奇组接

图 2 – 20　纪录片《国际导演拍北京·重聚》线索二　晨练老人的前进式蒙太奇组接

三、后退式蒙太奇

后退式蒙太奇是蒙太奇句型之一，它的视觉变化与前进式蒙太奇相反，是从细节退向整体。后退式蒙太奇是由近到远、自小到大、从内向外，把观众的视线从对象的细部引向整体。后退式蒙太奇句子一般用特写或近景起句，从突出的细部特征入手，随着镜头的转换，利用细节引入新的场面。

由于它的镜头运动是由近到远，因此给人以由强到弱的视觉感受，在情绪表达上是一种向下滑行的调子，适合表现走向平静深远的一种感情变化。

在影视作品中，前进和后退式蒙太奇经常同时出现，如图 2 – 21 所示的这段影片的截屏中，前三个镜头是前进式，后三个是后退式，构成一个"前进后退式蒙太奇句子"。

图 2 – 21　电影《我和我的祖国·相遇》中的一组前进后退式蒙太奇组接

在进行短视频前期拍摄时，导演和摄像师要带着前进、后退式蒙太奇思维去进行镜头的采集，最后应用于剪辑，从而在前期策划和拍摄以及后期剪辑全过程都有效增强用镜头叙事的意识和叙事观念。

第四节

拍摄角度

我们生活中一个三维立体的现实世界中。在现实场景里，从不同角度来看同一事物会产生不同的视觉效果，如同古诗中描述的"横看成岭侧成峰，远近高低各不同"。因此我们在进行短视频创作时，对镜头角度进行选择是必须的。

拍摄角度的不同，直接决定了镜头中拍摄主体的轮廓和线形架构，决定了画面的光影结构、位置关系和感情倾向。可以说，摄像者在拍摄角度的选择中融入了对画面形式的创造和想象，融入了对画面形象的情感和立意。同时也反映着摄像师的主观意图、创作风格、艺术鉴赏水平和画面取材能力。

拍摄角度分为摄像高度和摄像方向两个维度，我们分别对其进行介绍。在实践操作中，高度与方向会在镜头中综合体现。

一、摄像高度

摄像高度是摄像机镜头与被摄主体在垂直平面上的相对位置或相对高度。如果拿坐标轴来比喻，摄像高度的变化就是在坐标轴 Y 轴中的高低变化，如图 2 – 22 所示。

图 2 – 22　摄像高度

我们以电影《我和我的祖国》中的一个片段为例对摄像高度进行总的概括和介绍。电影《我和我的祖国》由陈凯歌担任总导演，于 2019 年上映，是中华人民共和国成立 70 周年的献礼影片。全片由"前夜""相遇""夺冠""回归""北京你好""白昼流星"和"护航"七个篇章组成，再现了中华人民共和国历史上非常具有代表性的七个故事。影片中的"夺冠"篇其主要背景是 20 世纪 80 年代我国女排首获世界大赛三连冠。片中的一个段落，描写上海石库门居民在狭小的弄堂里一起看中国女排比赛的场景，镜头的摄像高度不停调度，视角多变，如图 2 – 23 所示。

图2-23　电影《我和我的祖国·夺冠》不同摄像高度的四个镜头

　　这组镜头由于主场景是在狭小的空间中，人物数量多，男女老少动作和姿态各异，在此环境中进行拍摄，摄像高度的变化必须且必要。镜头中有平角度拍摄，有从高处往低处拍，也有从低处向高处拍；有正面拍，有侧面拍，有背面拍等，使拥挤的小弄堂在视觉上显得层次丰富、生活气息浓郁。

　　（一）平角度

　　平角度就是摄像机镜头与被摄对象处于同一水平线上的角度，也叫平角度拍摄，如图2-24所示。

图2-24　平视角记录海边列车

　　平角度拍摄到的画面，与我们成年人平时看到的现实场景相近，因此画面给人的感觉比较客观、公正和亲切，正是因为这个原因，新闻类、纪实类的视频及生活题材的影视剧中会大量采用平角度拍摄。

　　处理平角度画面时，地平线是重要的考虑因素，一般情况下避免地平线平均分割画框的构图，否则中间等分的地平线上会压缩远近景物，显得呆板、单调，犹如一根挂满远近景物的"晾衣绳"。

　　摄像者在新闻纪实性节目的画面记录过程中常常需要肩扛摄像机拍摄，这时画面的视点代表拍摄者的视点，即为平角拍摄。当平角拍摄与运动摄像结合运用时，能给观众带去一种身临其境的感觉。

在用长焦镜头进行平角拍摄时，可以把纵向运动的物体较长时间保留在画面中，同时又能够因地平面上物距的压缩而使画面形象饱满，甚至可使画面产生能为观众所接受的某些夸张效果，如拥挤、堵塞等。图 2－25 所示为电影《我和我的祖国·夺冠》中的平角度拍摄，通过前景的布置、角度的选择来打破平角度镜头容易出现的平淡呆板。

图 2－25　平角度拍摄要注重前景的布置、角度的选择

（二）俯角度

俯角度是指摄像机镜头处在正常水平线之上，由高处向下拍摄被摄体，如同人们站在高处向低处俯视，也叫俯摄、俯角拍摄。俯角度拍摄大的场景、自然风光、汹涌的人潮等，能够强调被摄对象的地理位置、距离和数量，能使观众充分了解镜头中物体之间的相互关系和相互间的地位感，视觉效果不同于我们日常的视觉经验，因此常常给人以新奇感和特殊的视觉享受。随着小型航拍器的普及应用，大量俯角度视角的航拍镜头成为短视频作品中常见的镜头样式。

俯角拍摄在表现人物活动时，宜于展示人物的方位和阵势；一个事件的发生，俯角度可以表现其整体的气氛、矛盾双方的力量对比和相互关系。俯角度拍摄示例如图 2－26 所示。

图 2－26　电影《我和我的祖国·夺冠》弄堂里人物的阵势通过俯角度有效表达

俯角不适于表现人物的神情和人与人之间细致的情感交流，在拍摄近景人物或以人物情感交流为主的中、近景画面时，不宜过于随便地使用俯角拍摄。

俯角度适合表现多层次的景物和人物场景，如图 2－27 所示。

图 2－27　俯角度适合表现多层次的景物和人物场景

俯角度在拍摄景物场景或是开阔的场面时，非常有利于展示空间感和透视感。如图 2－28 所示，希区柯克的电影《西北偏西》里的俯角度镜头，把场面交代得很清楚：所处的环境、公交车由远及近，男主角下车，接着原地等待，有效地展示了空间感和透视感，交代了远近景物的层次关系，营造了环境气氛，把人物与环境的关系交代得很清楚。

图 2－28　电影《西北偏西》中俯角度的场景展示

由于俯摄人物时对象显得萎缩、低矮，画面往往带有贬低、蔑视的意味。此时画面形象仿佛受到压抑，其视觉重量感较正常为小。因此，一般而言，俯角度较少应用于个体人物。

（三）仰角度

仰角度是指摄影机镜头处在正常水平线之下，从低处向上拍摄被摄主体，也叫仰角拍摄。仰角度拍摄由于镜头低于对象，人产生从下往上、由低向高的仰视效果。仰角度拍摄的示例如图 2 - 29 所示。

图 2 - 29　电影《我和我的祖国·夺冠》中仰角度拍摄人物场景

　　仰角拍摄使地平线处于画面下端或从下端出画，常出现以天空或某种特定物体为背景的画面，可以净化背景，达到突出主体的目的，如图 2 - 30 所示。仰角能将垂直方向伸展的被摄对象在画面上展开，有利于强调其高度和气势，比如耸立的建筑、高大的树木等。

图 2 - 30　仰角度表现古建一角，背景是纯净的天空，主体鲜明

　　仰角拍摄使画面前景突显，背景相对压缩，当用广角镜头拍摄时，画面会表现出强烈的透视效果。仰角度拍摄跳跃、腾空等动作时，能够夸张跳跃高度和腾空动作，具有很强的视觉冲击力。比如用仰角拍摄跳高运动员腾跃过杆的动作，给观众的画面感受要比生活中的实际感受强烈得多。

　　仰角度拍摄的镜头视野更加开阔，如图 2 - 31 所示。

图 2 – 31　仰角度镜头视野开阔

仰摄镜头带有作者强烈的主观色彩，有时也代表观众的主观视线，使画面中的被摄体有某种优越感。如图 2 – 32 所示，电影《公民凯恩》中为表现凯恩和第二任妻子间的关系，通过这一段落中俯角和仰角的对比视角，对他们在婚姻中的地位进行了注解：凯恩面向妻子，永远是俯角度向下看，显示了他的权威感；妻子看向凯恩，永远是仰角，抬头仰望，抗争都很无力。最后，妻子忍受不了凯恩的强势和刚愎自用，离开了他。

图 2 – 32　电影《公民凯恩》中仰角度视角的凯恩和俯角度视角下的妻子

（四）顶俯角

顶俯角拍摄是指摄像机镜头近似垂直于地面、位于被摄体上方的自上而下的拍摄。

在我们的生活中，采取这个视角观察景物的情形并不多见，因此这一视觉相对来说较为新颖。在航拍器尚不普及的时期，在各类型的视频作品中，顶俯视角并非常用的拍摄视角。但随着当前航拍镜头的广泛应用以及拍摄设备的越来越小型化，顶俯角拍摄变得十分常见。顶俯角拍摄的示例如图 2 – 33、图 2 – 34 所示。

图 2-33 电影《我和我的祖国·夺冠》的顶俯角镜头

图 2-34 顶俯角镜头常具有形式美感

二、摄像方向

摄像方向是指在位于拍摄主体水平面上的不同拍摄角度或方位，是拍摄视角在水平方向上的变化。在拍摄距离和高度不变的条件下，不同的拍摄方向可以展现被摄对象不同面的形象，以及主体与陪体、主体与环境之间不同组合关系的变化。摄像方向主要分为以下五种：正面角度、斜侧角度、侧面角度、反侧角度和背面角度，如图 2-35 所示。

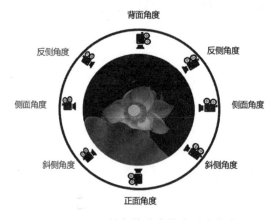

图 2-35 顶俯角镜头常具有形式美感

（一）正面角度

正面角度是指摄像机与被摄对象正面成垂直角度的拍摄位置。正面角度能够毫无保留地再现被摄体的正面形象，对正面具有典型性的形象比较适合；同时能够保持被摄对象和观众的"交流关系"，营造庄重、威严的气氛。正面角度的拍摄示例如图2-36所示。

图2-36　庄重正式的场合采用正面角度拍摄效果很好

正面方向拍摄人物时，可以看到人物完整的脸部特征和表情动作，如用平角度和近景景别，有利于画面人物与观众面对面地交流，使观众容易产生参与感和亲切感。一般来说，各类节目的主持人，或被采访对象在屏幕上出现时常常会采用这个拍摄角度。

正面方向拍摄的不足之处是物体透视感差，立体效果不甚明显，如果画面布局不合理，被摄对象就会显得无主次之分，呆板而无生气。

正面角度拍摄时要善于抓取生动时刻，如图2-37所示。

图2-37　正面角度拍摄时要善于抓取生动时刻（作者：王哲轩）

（二）斜侧角度

斜侧角度是指偏离正面角度，或左或右环绕对象移动到侧面角度之间的拍摄角度。斜侧面方向能使被摄主体本身的横线在画面上变为与边框相交的斜线，物体产生明显的形体透视变化，使画面活泼生动。斜侧角度有利于表达空间透视感或物体立体感，能充分利用画面对角线的容量，有扩展和伸展空间的作用，在视频创作中非常常见。斜侧角度拍摄示例如图 2 - 38 所示。

图 2 - 38　斜侧方向拍摄效果，空间透视感好

斜侧角度拍摄，能有效打破视频的二维平面，在突出主体的同时，能营造三维立体的空间感觉，使画面效果更为灵活和生动。在构图上，斜侧方向既利于安排主体和陪体，又有利于调度和取景，因此是摄像方向中运用最多的一种，如图 2 - 39 所示。

图 2 - 39　斜侧方向是短视频中运用较多的拍摄角度

（三）侧面角度

侧面角度是指与被摄对象侧面成垂直角度的拍摄位置。侧面角度具有很强的方向感，非常适合表现带有动势的场面和人物与事物的轮廓。通常人物和其他运动物体在运动中侧面线条变化最为丰富和多样，在视频中很能反映其运动特点。在多个主体或者主、陪体的构图当中，侧面角度善于表现交流感。

如电影《我和我的祖国》"相遇"篇中，男主角临危关闭核设备闸门后，与领导的对话，就是采用侧面角度进行构图以表现交流感的，如图2-40所示。

图2-40　电影《我和我的祖国·相遇》中侧面角度的交流镜头

短视频作品中拍摄人与人之间的对话和交流段落时，如果想在画面上显示双方的神情、彼此的位置，正侧角度常常是最优选，它能够照顾周全，不致顾此失彼。如在拍摄会谈、会见等双方有对话交流的场景时，正侧角度是最常见的，能多方兼顾、平等对待。

（四）反侧角度

反侧角度是指由侧面角度环绕被摄对象向背面角度移动的拍摄位置。反侧角度有反常的意识，往往能将对象的一种特有精神表现出来，具有出其不意的效果；同时，反侧角度能够显示运动前方的内容，可以显示另一种空间感。反侧角度在跟拍时用得比较多。如纪录片《迁徙的鸟》中，跟拍鸟类迁徙时使用反侧角度展示前方的空间感，如图2-41所示。

图2-41　纪录片《迁徙的鸟》中反侧角度镜头用以展示鸟群前方的空间

（五）背面角度

背面角度是正对拍摄对象背后的拍摄位置。背面角度拍摄示例如图2-42所示。

图 2 - 42　背面角度画面

背面角度是一种间接表现的方式，具有引导观众联想和思考的作用，使观众观看视频时有很强的参与感。有时背面镜头也会用以营造悬念，起到出其不意的效果。此外，不少背面角度的镜头在视觉上会比较写意，能够含蓄地表达人物的内心世界。如图 2 - 43 所示，汽车背面角度画面，表达出汽车路遇壮牛，让牛先走，给人传递出一种人与自然和谐的含义。

图 2 - 43　背面角度画面，强调汽车为牛让行

如果是拍人物，那么主体人物所看到的空间与景物也是观众所看到的空间和景物，可以给观众带来强烈的主观参与感。许多纪实和新闻类的视频或视频段落的前采经常会使用这个角度表现追踪式拍摄，具有很强的现场纪实效果。

背面方向拍摄人物，观众不能直接看到画面中所拍人物的面部表情，具有一种不确定性，营造一定的悬念，处理得当能有效调动观众的想象，引起观众更大的好奇心和更直接的兴趣。在背面方向拍摄人物，面部表情变得退居其次，而人物的姿态动作可以表现人物的心理活动，成为主要的形象语言。如《我和我的祖国·白昼流星》中，背面角度的拍摄体现出一种意味深长的感觉，如图 2 - 44 所示。

图 2 - 44　电影《我和我的祖国·白昼流星》背面角度摄影画面

背面角度是个很容易被初学视频创作的人忽视的角度。但其实，处理好这个特殊的角度常常可以收到某种意想不到的效果。如创作某些特殊题材的短视频时，涉及拍摄未成年人或是涉及肖像权问题的部分，对不愿、不能、不宜正面出镜的人群，就可以使用背面角度，这样操作既可以防止造成不良影响或避免触犯法律，也能很好地体现出人文关怀的特征，被拍摄对象也更容易接受拍摄。

在短视频创作中，我们在进行前期拍摄时，一般会先选择摄像方向，确定了方向后再抉择摄像高度。在具体创作中，将拍摄方向和拍摄高度融合使用，同时结合视距变化带来的景别变化，使三者有机结合起来将会产生一系列不同的视角，形成一整套不同风格和叙事特点的画面形象。因此，景别、摄像高度和摄像方向不是孤立的理论和操作，而是一个创作体系中的要点，要学会综合性的运用，从而有效提升摄像的基本素质和造型能力。

练习题

1. 何为景别？景别的主要类别有哪些？
2. 训练：利用现有拍摄设备，分别以人和物为拍摄主体开展五级景别拍摄练习。
3. 训练：结合景别系统和前进、后退式蒙太奇，自选主题拍摄一组素材完成一个视频段落的表达。
4. 训练：确定一个主场景和主体人物，开展摄像高度和摄像方向的分镜头练习。

第三章
短视频的主要镜头样式

学习短视频创作，与小时候学习写作文有非常相似的地方。视频中的影像造型元素和主要镜头样式，如同字词；掌握和理解了字词，再进行句子的写作；最后构成段落完成篇章。短视频的镜头样式如果从不同的角度去划分，会产生很多表述。本章主要依据视频框架的"运动性"介绍视频镜头最为常见的两个类别：固定镜头和运动镜头。

第一节
固定镜头及特点

掌握了影像造型元素中的景别系统和拍摄角度，对于短视频的初学者来说最好先从固定镜头的拍摄练起，通过对固定镜头这一在技术上较为简单的镜头样式的了解和操作，能有效地熟悉各种拍摄设备如手机、相机和摄像机的操作规程与技术特点，并摸索在不同拍摄情况和拍摄任务下设备的操作要领和镜头的拍摄技巧。此外，通过大量固定镜头的拍摄能将摄像基本功练得更扎实，从而提高拍摄者的画面造型能力和艺术鉴赏水平，更好地胜任短视频等摄像工作。

一、固定镜头简介

固定镜头是指在拍摄时摄像机机位不动、镜头光轴不变、镜头焦距固定即"三不变"的情况下拍摄的镜头。固定摄像是拍摄固定镜头的前提和基础，没有固定摄像就没有固定镜头。拍摄固定镜头的"三不变"，简化而言就是机位、光轴、焦距的"三不变"。机位不变，即摄像设备机位一经确定便不再挪动；光轴不变是指镜头构图一经确定，拍摄设备及其镜头便不再上下左右进行摇动；焦距不变是指拍摄设备的镜头焦距一经确定，便不再做焦距长短的变化。从观众视点来看，固定镜头的画面框架不做任何变化，也就是摒弃了一切画面外部运动。唯一可动的就是拍摄对象的运动，也就是画面的内部运动。

在1895年电影诞生之初，电影和电影放映机的发明人、"现代电影之父"、法国人卢米埃尔兄弟推出的第一批电影作品都是固定视点单镜头作品，如图 3-1 所示。

图 3 - 1　卢米埃尔兄弟（左）和他们的电影作品《工厂大门》

固定镜头概念中有机位、镜头光轴、镜头焦距三个核心词。所谓机位，是电影创作者对摄像机拍摄位置的称呼，在视频创作中，机位就是视点，是构图和调度，也是影片分析中摄像机拍摄点的表述。机位是影片导演风格中最为重要的语言形式。固定镜头拍摄时，机位一旦确定后便不再动了，如图 3 - 2 所示。

图 3 - 2　固定镜头拍摄时，机位一经确定就不再挪动

镜头光轴指通过镜头中心的线，是与镜头成垂直角度的一条直线。固定镜头在拍摄时，摄影机不会改变镜头光轴，也不会沿着光轴让摄像机镜头做运动。

镜头焦距是指镜头光学后主点到焦点的距离，是镜头的重要性能指标。镜头焦距的长短变化可以改变拍摄主体成像的大小、视场角的大小、景深的大小和画面的透视强弱。影视造型元素中的景别系统，在拍摄时可以通过镜头焦距的变化拍摄到不同景别的镜头。

固定镜头就是在机位、光轴、焦距三者都不做变化的前提下拍摄到的镜头。在电影领域中，有不少导演在创作时偏爱使用固定镜头。我国导演贾樟柯，善于在他的电影中运用固定长镜头营造时间停滞的感觉，通过缓慢的叙事节奏帮助观众自然地走进电影故事和人物内心，如他的电影《小武》《站台》等。日本导演是枝裕和也非常喜欢在影片中运用固定镜头，他习惯让摄像机与人物保持一定距离，运用固定镜头和长镜头以旁观者的视角观察整个世界，以达到客观表达的真实感，如他的影片《步履不停》《比海更深》等。

中华人民共和国成立 70 周年献礼影片《我和我的祖国》"白昼流星"故事，是以 2016 年神舟十一号飞船返回舱成功着陆为主事件展开的叙事。片中多个人物交流的场面运用了固定镜头，比如退休扶贫办主任老李第一次将迷茫落魄的少年流浪兄弟带回家安置的这段，以固定镜头为主进行叙事，如图 3－3 所示。这组镜头的表演场景是室内，一般来说室内相比室外要逼仄，不够开阔，演员的表演范围比较有限，往往表现的是人与人之间的交流感，通过面部表情的描写反映人物内心世界，因此用中景系列景别的固定镜头会比较多。在观看这个段落的固定镜头时，大家可以发现画面的四边固定不变，也就是画面的框架不做任何变化。这是从视觉上判定固定镜头非常重要的一个特征。

图 3－3　电影《我和我的祖国·白昼流星》中这组室内镜头用了大量固定镜头进行表现

前面做了很多关于画面框架固定的描述，有同学会有疑问：框架不动的前提下，固定镜头里的拍摄对象是否可以动？答案是肯定的。固定镜头只约束画面外部运动，画面内部的人、物，可以是固定的，也可以是运动的。关于固定镜头画面内部运动的构图，我们将在后面的动态构图中再进行详细展开。

在影视作品当中，一般而言固定镜头与运动镜头会被同等重视，即其在片中会有常见的使用比例，固定镜头数量和运动镜头数量常见的比例是 7∶3。一般来说，单个固定镜头的长度会短于运动镜头，因此在大多数视频中固定镜头与运动镜头的时间长度总计的比例大约会达到 1∶1。由此可见，固定镜头在影视创作中是很重要的存在，在拍摄短视频素材的时候不可以忽略固定镜头素材的拍摄和积累。

固定镜头在短视频中的使用非常突出和普遍。网络短视频博主李子柒、日食记等，在进行短视频创作时对固定镜头特别偏爱。尤其是李子柒，其每个作品基本都是以固定镜头为主进行创作，利用固定镜头分解制作过程并在剪辑中把过程完整呈现。其在画面构图时会特别讲究前景、背景和主、陪体的应用，结合景别的恰当运用、角度的良好把控，以及情节和叙事节奏的设计，再配合 BGM 和优秀的剪辑节奏，带给观众一种沉静的美感。

二、固定镜头的特点

固定镜头最显著的标志就是画面构图框架是固定的，不像运动镜头可能出现上下、左右、前后等位移和变化。固定镜头相比运动镜头样式，有自身的独特魅力。

（一）固定镜头框架处于静止不动的状态，画面的外部运动因素消失

在实际拍摄中，固定镜头在拍摄过程中机位和镜头都是锁定的，通过摄像机寻像器所能看到的画面范围和视域面积是始终如一的。但固定画面外部运动的消失，并不妨碍其对运动对象的记录和表现，即固定框架内的被摄对象既可以是静态的，也可以是动态的。

运用固定镜头来调度和表现画面内部的运动对象和活跃因素，是短视频拍摄者需要认真钻研的重要基本功，要想获得理想的固定画面，其难度不亚于用运动镜头去表现运动物体和运动。

（二）固定镜头视点稳定，符合人们日常生活注视详观的视觉体验

我们平常看物体，如果是仔细观察，都不会采取走马观花地粗看就完事儿了，而是会停留下来，进行关注、凝视。固定镜头因其框架处于静止不动的状态，就能使观众把精力集中到拍摄的主体身上，对主体进行详细的观察。外部运动一旦消失，留给观众的就是"驻足细看"。

固定镜头拍摄时，镜头是相对稳定的，它所表现出来的视觉感受类似于生活中人们站定之后对重要的对象或所感兴趣的内容仔细"盯住了看"，这与运动镜头中比如摇镜头、移动镜头、升降镜头等所表现出的"浏览"感受完全不同，也与推镜头、拉镜头、跟镜头等所表现出的视点前进、退后或跟随的"扫视"感受不一样。

固定镜头是能满足人们较为普遍的视觉要求和感受的拍摄方式，成为了短视频拍摄中很常用的拍摄方式，短视频中常用固定镜头来传递信息、表现主体等。因此，拍好固定镜头是成为合格短视频创作者的第一步，通过练好固定镜头的基本摄像技巧和构图技法，可以增强对镜头语言的表现力，同时也为运动镜头的拍摄打下一个良好的基础。

三、固定镜头适用的场景

随着数字摄像技术与移动摄像技术的蓬勃发展和科技的日新月异，短视频拍摄也与时俱进，通过摄像机、手机、无人机、变焦镜头的运用和升降、遥控等设备的使用所带来的影像镜头越来越复杂多样和不拘一格，令观众目不暇接、眼花缭乱。但也伴生了一些负面影响，如镜头毫无意义的晃动、漫无目的的推拉、不明就里的摇移等，这些不但妨碍了观众对短视频内容的接收和欣赏，也不利于短视频摄像水平的整体提高。

究其原因，很重要的一点是短视频领域的进入门槛极低，创作者视频创作修养不高，对固定镜头适用的场景没有认识和训练，不擅长用固定镜头为所拍摄的内容和主题服务。因此，了解固定镜头的主要功用，发挥固定镜头在传达信息、塑造形象、营造氛围等方面的不同功能和作用，找到固定镜头适合的场景，对短视频的创作将有非常大的积极作用。

（一）用于表现静态环境

环境是人物生存的空间和事件发生的场所，因此短视频创作时对环境的交代与描写非常必要。固定镜头对背景和环境的表现，在视觉语言中能起到交代客观环境、反映场景特点、提示景物方位等作用，同时也能在静止的框架内强化和突出静态的环境。运动拍摄中的画面，我们的关注点常常会被摄像机的运动过程带走，对于拍摄主体的关注会相应减少。从这个角度来说，固定镜头更利于表现静态环境。

固定镜头最常用的功能就是表现静态环境，有些创作者非常喜欢用固定镜头。如前面提到的是枝裕和导演，他的电影《步履不停》，主要描写了位于小镇中一户普通家庭的生活，在看似简单平凡的日子里，让人细细品味属于每个家庭共有的关于误会与谅解，亲情与宽恕，人生中不断的失去与珍惜，以及家人间的淡淡的而又深沉的爱。影片的镜头表现和故事一样，用大量的固定镜头展现了平淡如水却又娓娓动人的生活状态和家人之间细腻温馨的情感瞬间，如图 3-4 所示。

图 3-4　电影《步履不停》中大景别、小景别镜头都喜欢用固定镜头叙事

（二）用于突出表现主体

短视频中如果要对人物或者物体进行重点展示，可以利用固定镜头来进行表现，从而给予观众"盯着看"或者是"凝视"的视觉需求。如果拍摄主体是人物，可以用中景以上景别对其脸部或是需要突出的局部如手部做固定镜头拍摄，对需要突出表现的物体也是如此。如张以庆导演的纪录片《幼儿园》中拍摄刚刚入园的孩子们，导演用固定镜头表现他们初次离开父母的神态和情绪，如图 3-5 所示。

图 3-5　纪录片《幼儿园》用固定镜头表现幼儿初次离开家人的表情和情绪

电影《我和我的祖国·护航》的故事主要围绕我国在 2015 年举行的纪念抗战胜利 70 周年阅兵式展开的，主角是一位优秀的女飞行员，她为阅兵式做了很多准备。而在正式的阅兵式之前，她被意外通知撤出阅兵编排留作替补。在这一背景下主角内心的起伏主要通过固定镜头记录她的脸部表情来表现：知道消息时的失落、训练时的坚定、完成备飞任务后的欣慰和荣耀等，如图 3-6 所示。用固定镜头对主体人物的面部表情做特写，可以很好地传递复杂的情绪和情感变化。

图 3 - 6　电影《我和我的祖国·护航》中主角情绪的变化用固定镜头进行表现

（三）用于忠实记录运动物体的变化

固定镜头是强调运动物体与环境关系的镜头样式。运动镜头中摄像机追随运动主体进行拍摄，能强化主体运动却容易忽略环境因素。固定镜头画面框架固定不变，可以作为主体在画面当中的参照物，主体在画面中运动的速度、运动的方向、主体和环境的关系等，都可以从它与画面框架、它的运动背景的对比中得出来，因此以固定镜头记录运动物体的变化相比运动镜头更为客观。如电影《太阳照常升起》的结尾表现火车的镜头就是运用固定镜头对火车的运行进行表现（如图 3 - 7 所示），一方面，造型富于美感，另一方面，对运动速度进行了客观记录。

图 3 - 7　电影《太阳照常升起》中火车的运行用固定镜头表现

（四）用于表现"静"的心理，富于静态造型之美

固定镜头的样式能够强化静的内容，给观众以深沉、宁静的视觉感受。

固定镜头摈弃了一切外在动因，因此在拍摄时更要注重画面的呈现效果，从而达到最佳的叙事成效，我们可以从两方面入手来提升固定镜头的视觉表现力。首先就是构图，在固定镜头构图时，要合理安排画面中前景、主体和背景，如果有陪体可以入画，则更佳。其次是要善于补充画面中的光影效果。斜侧光线及侧逆光、逆光环境下进行固定镜头的拍摄光影效果会更突出一些。

（五）用于回忆镜头

固定镜头易于表现出"远"的感觉，如时间上的过去感、历史感和往事感等，在短视频创作中可以有效利用起来。

短视频创作者通过对固定镜头概念、作用和特点的学习，要进一步通过实践操作提升理解，才能在作品中更好地利用固定镜头进行叙事和表达。当然，固定镜头除了有自身独特的优势和魅力外，也存在不少局限。

四、固定镜头在短视频造型中的局限和不足

（一）视点位置固定，视域范围易受画面框架的限制

一般来说，短视频的拍摄场景往往会有较大的空间范围，运用运动镜头来表现会相对简单和完整一些。固定镜头与运动镜头多变的视点和变换的视域相比，固定镜头的画面内容被静止的框架分割，在传递信息量方面会受到较大限制。在拍摄全景式、搜寻式镜头的情况下，固定镜头不如运动镜头全面、丰富和完整。因此，短视频创作中要了解固定镜头的这一有限性特点，利用其优势而注意规避其短板。

（二）在一个镜头中构图存在局限性

由于固定镜头的特点是视点固定，画面框架内的造型元素相对集中，一个镜头中的构图元素很难出现很大的变化，不能做出如运动镜头那样实现自然地多场景转换或是传递更多丰富的信息，这是固定镜头的另一个局限性。

在短视频的前期创作和后期剪辑中，要对固定镜头的特点有充分的认识，从而在镜头拍摄时做到镜头的采集和表现完整，在后期剪辑中则运用各种剪辑手段使现场得到有效还原，从而实现完整叙事。

（三）对运动轨迹和运动范围较大的被摄主体不好表现

固定镜头在表现运动主体时存在较大局限，一是应对空间方面的局限性，二是应对运动对象存在局限性。如在拍摄高速运动的事物，运动镜头以拉、移、跟等多种运动摄像手段可以进行完整的记录和呈现，而用固定镜头就很难完整地表现物体的运动轨迹，以及记录人物的活动过程、表情和动作。

（四）表现复杂、曲折的环境和空间的局限性

固定镜头在表现复杂曲折的环境和空间时很有局限。如拍摄悠长狭窄的峡谷和空间逼仄的溶洞，如果仅仅使用固定镜头很难让观众有"身临其境"的感觉，而运动镜头运用移动拍摄和跟摄可以非常便利地表现出来。

（五）难以表现具体的生活流程

固定镜头在拍摄中受画面框架限制，不如运动镜头能够比较完整、真实地记录和再现一段生活流程。在大量的纪实类短视频中，需要对生活流程和生活段落做完整、真实记录，此时固定镜头的表现力就达不到要求，而用运动拍摄所构成的长镜头则能很好地表现生活片段来体现真实感。

综上所述，固定镜头有自身的特点和优势，是短视频中必不可少的镜头样式。但其也有自身局限，取其长，好好发挥它的优势，是短视频作者需要有的态度。在视频创作中，最合适的做法是将固定镜头和运动镜头的长处相结合，用运动镜头传递完整、流畅的生活流程和故事段落，用固定镜头表达重要信息、塑造主要人物、营造特定氛围等，使短视频作品中镜头样式丰富，内容表达充分，细节饱满。

五、固定镜头的拍摄要求

固定镜头因摄像机机位、镜头光轴、镜头焦距固定，其运用场景有一定的适用性和局限性。因此，在固定镜头的拍摄中，有以下几点拍摄要求与需要注意的事项。

（一）注意捕捉动感因素，增强画面内部活力

在拍摄固定镜头时，应当注意寻找活动的要素，做到静中有动。比如说，拍摄广阔的渔业作业，可以在短视频画面中拍摄乘风破浪的渔船、正在作业的渔民，使整个画面活动起来。

固定镜头在拍摄时，要努力把握画面的内部运动，也就是拍摄主体的运动；注意捕捉活跃因素，尽可能利用画面所能纳入的"活"的、"动"的因素让固定画面"活"起来（如图3-8所示），从而避免把固定镜头拍成类似于照片的呆板状况。

图3-8　利用画面内部运动增强固定镜头的"活力"

（二）注意纵向空间和纵深方向上的调度和表现

固定镜头在构图上要力求体现出画面的纵深感和立体感，才能使画面生动起来，丰富起来。因此，固定镜头要在拍摄方向、拍摄角度和拍摄距离等方面进行镜头的调度，注意安排前、后景，并注意利用光、影的节奏和变化。

比如短视频作者李子柒在短片《玫瑰花的一生》中，利用前景、背景、虚实结合的方式体现画面的层次感，多景别的人物动作很好地捕捉了动感因素，动作的剪辑也十分流畅，使固定镜头不但叙事完整、信息充分，而且整个故事非常灵动，如图3-9所示。

图3-9　利用前景增强画面层次感

(三) 固定镜头的拍摄与组接应注意镜头内在的连贯性

在短视频前期拍摄固定镜头的过程中，要考虑后期编辑时镜头的组接。在前期拍摄时，同一场景同一主体，在进行固定镜头的素材拍摄时建议大家成组地拍摄，即利用景别分类，对同场景同一主体做多景别的镜头采制，在后期剪辑时也一组一组地使用，使视觉连贯、情绪连续、叙事有章法。

总之，作为短视频拍摄者，固定镜头的内容设计需要在拍摄之初就要有思考并落实，从而实现镜头间的连贯性和编辑时的合理性。

(四) 构图要精美、准确，有一定的艺术水准

在拍摄固定镜头时，要从视觉形象的塑造、光色影调的表现、前景后景的选择、主体陪体的提炼等多个层面上勤加练习，通过大量的实践，拍摄出构图精美、景别清楚准确等具有一定艺术水准的优秀固定镜头。

(五) 固定镜头的拍摄要"稳"字当头

固定镜头的拍摄一定要稳。所谓固定，就是要避免任何的晃动。镜头任何细微的晃动都会在固定镜头中被放大，尤其是拍摄近景、特写时。因此，在拍摄固定镜头时一定要力求"稳"。

如果遇到拥挤、紧急、突发等情况时，也应尽力保持固定画面最大限度的稳定和平衡。此时，要避免使用长焦距拍摄固定镜头，而是采用改变拍摄距离的方式进行素材采集。同时有条件的话，可以使用三脚架和其他稳定器以提升固定镜头的出片效率。

在某些没有三角架的环境拍摄时，可根据实际情况随机应变，就近寻找有效的支撑点，比如桌椅、车顶、扶手、平台，甚至是拍摄者的大腿和膝盖等，以其为支撑物来解燃眉之急，辅助拍摄者拍出稳定的固定画面。

第二节

运动镜头及分类

一、运动镜头概述

(一) 运动镜头的概念

运动镜头就是利用摄像机在推、拉、摇、移、跟、升降等形式的运动中拍摄的镜头。它是突破画框边缘的局限、扩展画面视野的一种方法，是视频创作中最具特色的拍摄方式。

比如电影《我和我的祖国》"夺冠"单元，核心段落是在上海一个普通的弄堂里拍摄，表现邻居们一起高高兴兴看女排比赛的场景。段落里面用到的运动镜头样式很多，升降镜头、移动镜头、男主角的跟镜头、推镜头、摇镜头等。在上海里弄这样一个窄小的空间里利用运动镜头来表现一种鲜活的生活状态，表现力很强。段落中间也运用了不少固定镜头，主要表现形态各异的人物和人物间的交流，用于突出描写人物关系。在这一段落里，运动镜头表现场景、固定镜头表现人物，两者结合，将 20 世纪 80 年代普通上海居民的生活表现得特别活色生香。图 3-10 所示为电影《我和我的祖国·夺冠》中的一个升降镜头，从脚部开始上升到半空俯视，有效运用运动镜头突破了小场景的局限。

图 3-10　升降镜头的有效运用突破了小场景的局限

再如我国电视剧《长安十二时辰》第一个镜头是一个超过 2 分钟的综合性运动长镜头，从第一帧的升降镜头开始到移动拍摄、升降拍摄，从天空降到地面，接着移动镜头、推镜头、跟镜头等，最后又以升降镜头从一楼上升到二楼，以推镜头和移动镜头结束全镜，官员宣布上元节开始，引出接下来跌宕起伏的故事，如图 3-11 所示。

图 3-11　长镜头中综合运用运动镜头为剧集开篇

图 3-11 这个长镜头当中，通过各种运动样式把画面的空间格局、景物内容、物体位置关系都交代得清清楚楚，同时景别、视角不断变化，以人为的方式强调了画面的动感和节奏，有效地扩展了视野，丰富了画面的造型表现力，这也是运动镜头的最大魅力所在。

（二）运动镜头拍摄的技术要求

1. 运动镜头拍摄要做到"平、稳、准、匀"

所谓"平"是指水平，也就是说在拍摄运动镜头的时候一定要保持画面的水平，不要出现倾斜的情况。"稳"即稳定，指在拍摄运动镜头时一定要保持运动的稳定性，不要出现画面颤颤巍巍的现象。"准"即准确，在进行运动镜头拍摄时，运动部分需要一步到位，不要在运动过程的中间做任何微调。"匀"即匀速，指在拍摄时镜头的运动要保持匀速，不要在运动过程中做变速运动，不要出现忽快忽慢的情形。

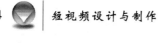

需要特别指出的是，匀速是指运动过程中速度的一致，不是指速度的快慢。运动镜头可以是快速的运动，也可以是慢速的运动，但在前期拍摄的同一个镜头中，运动的速度要保持一致。有时在后期剪辑时，我们会给同一个镜头做变速处理，这是根据后期剪辑需要而定。在前期拍摄时，要让运动速度保持一致，从而为后期剪辑提供更多创作空间。

2. 运动镜头拍摄中"起幅+运动+落幅"三步骤要完整

任何运动镜头都是由起幅、运动、落幅三个步骤构成。起幅即运动之前的静止状态；落幅是运动之后的固定状态；运动即镜头中间的运动部分。起幅和落幅的作用在不同的运动镜头样式中有所不同，但有一个共同的特点：服务于后期编辑需要。

运动镜头在剪辑过程中，有可能选用"静接静"的方式，即前一个运动镜头的落幅与后一个镜头的起幅相衔接；也可能用"动接动"的方式，即前一个镜头的落幅与后一个镜头的起幅剪掉不用，两个运动镜头的运动部分相组接。不管以哪种方式进行剪辑，都是在后期制作的时候做选择，在前期拍摄过程中，摄像师不要将起幅和落幅直接丢掉不拍，而是要留足。

（三）运动镜头的类别

运动镜头的类别主要包括推、拉、摇、移、跟、升降等几种样式。了解了运动镜头的概念、拍摄时的技术要求和分类以后，我们对常见的六种运动镜头样式逐一进行介绍。在短视频中，最为常见的运动镜头样式包含：推/变焦推镜头、拉/变焦拉镜头、摇镜头、移动镜头（前移动、后移动、左移动、右移动、曲线移动）、跟镜头和升降镜头。

二、推镜头

（一）推镜头的定义

推镜头又称"推"，是指摄影机借助移动工具或人，沿光轴方向靠近被摄对象，或者变动镜头焦距使画面框架由远及近向被摄主体不断接近的镜头方式。从上述对推镜头的概念描述中，我们可以看到推镜头的两种拍摄方式为：一是摄像机不断靠近被摄对象进行拍摄，获得的镜头为推镜头；摄像机不动，依靠镜头焦距由短焦向长焦调整来不断靠近主体进行拍摄而获得的推镜头，与上一种方式获得的推镜头不同，我们常常称此类推镜头为"变焦推"。

"推"和"变焦推"视觉上的差别主要在背景空间和景深上的差异："推"的视觉感受更自然舒服；而"变焦推"有点模拟人眼视线集中的过程，更有一种刻意强调的感觉。在推镜头中，拍摄距离的改变使被摄对象在画面中所占比例增大，类似于我们在日常生活中由远而近的观看过程或渐渐靠近的效果。由远观其势到近取其态、由群体到个体、由整体到局部，推镜头的突出和强调作用非常明显。

（二）镜头的特征

推镜头的特征主要有以下三点：

（1）推镜头形成视觉前移效果、随着镜头的推进，我们的视觉也往前移动，逐渐向拍摄主体推进。这个过程中，景别由大景别向小景别过渡。

（2）推镜头具有明确的主体目标。推镜头肯定有非常明确的拍摄主体，因此推的过程不是漫无目的地乱推，而是向着我们选定的主体目标推进，并且推进到什么样的景别来结束这个推镜头，在拍摄之前也是有计划的。

（3）推镜头中，被摄主体由小变大，周围环境由大变小。推镜头形成视觉前移的效果，随着推进的过程，由大景别向小景别过渡。自然而然地，拍摄的主体目标在画面中就会由小变大，主体周围的环境逐渐被挤出框架之外，由大变小。

如图 3 - 12 所示，纪录片《风味人间》中的食物推镜头，通过推的动作使视觉前移，目标明确，主体"蒜"在镜头里越来越大，以起到突出表现的目的。

图 3 - 12　纪录片《风味人间》小幅度的推镜头，从砂锅的全景朝着主角"蒜"逐步推近

（三）推镜头的表现力

1. 突出主体人物和重点形象

推镜头向前推进的过程，可以从两个方面规范观众的视线。首先，镜头向拍摄主体推进时起着非常明确的方向性引导作用，这种引导是带有导演/编导的主观意识，有刻意强调的意味；其次，推镜头在使用时一般都会留起幅和落幅，通过镜头运动，最后的画面所落到的地方就是推镜头的落幅，落幅中的对象将会给观众十分鲜明强烈的印象，因此推镜头是突出主体人物和重点形象的一种有效而常用的方式。

2. 突出细节和重要的情节因素

不管是"推"还是"变焦推"，推镜头都是从大景别向小景别不断过渡和推进，这种强调方式对于突出细节和重要的情节因素都非常有效。如图 3 - 13 所示，纪录片《风味人间》中避风塘炒肉蟹这道菜的推镜头，从肉蟹往前推进至调味蒜粒，重点突出该期节目的主角"蒜"。

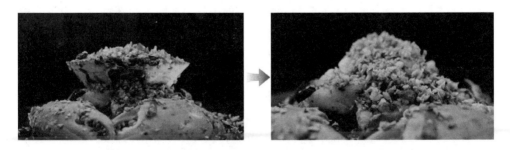

图 3 - 13　纪录片《风味人间》小幅度的推镜头，从砂锅的
全景朝着主角"蒜"逐步推近

3. 在一个镜头中介绍整体与局部、客观环境与主体人物的关系

电影《阿甘正传》描绘了有先天残疾的男孩福瑞斯特·甘自强不息，最终通过努力在多个领域创造奇迹的励志故事。片首有一个推镜头样式的长镜头，从街头公园的远景开始往前推，由整体向局部推进，如图 3 – 14 所示。一位男士坐在公园长椅上，公交车路过后，一位女士也来到长椅，男士拿出巧克力，说出了那句关于巧克力的名言："生命就像一盒巧克力，结果往往出人意料"。随着镜头的推进，影片的主角被自然地带出来——就是这位阿甘，他脚上脏污的运动鞋和女士闪亮的白鞋形成对比，他喋喋不休地与人诉说，由鞋子回忆到过去，推镜头落在他拼命回想过去的脸部特写，自然地转场到他小时候，故事开始展开。

图 3 – 14　电影《阿甘正传》中的长镜头，从大远景缓慢推至阿甘的脸部特写

4. 在一个镜头中景别不断变化，有连续前进式蒙太奇句子的作用

前进式蒙太奇组接在前章景别系统中已经做了介绍，是指由大景别逐步向小景别跳跃递进的剪辑方式，它体现的是事物步步深入的效果。以大学教室实地拍摄为例，前进式蒙太奇句子可以是：教室全景→A 同学与同桌听讲的中景→A 同学脸部特写。前进式蒙太奇这种层层推进的剪辑是景别在后期编辑当中一种重要的表达方式。

推镜头在不断推进的过程中，也是由大景别向小景别不断推进，而且并非通过剪辑形成，是连续地一气呵成的表现，所以既具有连续前进式蒙太奇作用，同时又强调了镜头是在同一时空环境下客观地完成。从长镜头理论角度来说，推镜头的真实感要强于蒙太奇剪辑效果。

5. 推进速度的快慢可以影响和调整画面节奏，从而产生外化的情绪力量

平稳而缓慢的推镜头节奏舒缓，给观众的印象是安静、平和；快速的急推镜头，情绪就偏于激动、激烈或者触目惊心等。不同速度的推镜头可以营造不一样的视频节奏，从而给观众带去不一样的情绪感受，是情绪力量的一种外化方式。

三、拉镜头

拉镜头经常与推镜头成对出现、一起使用，两者是在规律上有非常多的相似性，表现上又有互补性的运动镜头样式。拉镜头的运动样式与推镜头正好相反，因此拉镜头可以结合推镜头来进行对比学习和掌握。

（一）拉镜头的定义

拉镜头又称"拉"，是摄像机逐渐远离被摄主体，或者变动镜头焦距，使画面框架由近至远与主体拉开距离的镜头样式。拉镜头中被摄对象在画面中所占比例缩小，类似于日常生活中人由近而远的观看过程或渐渐远去的效果。

同推镜头一样，获得拉镜头的拍摄方式有两种。一是摄像机逐渐远离被摄对象进行拍摄，在行业内称为"拉"；二是摄像机不动，靠镜头焦距由长焦向短焦调整，视觉上主体不断远离的方式获得的拉镜头，业内称为"变焦拉"。"拉"和"变焦拉"在视觉上的差别与推镜头一样也主要集中于背景空间和景深上的差异。其中"拉"的视觉感受偏重于自然舒服，"变焦拉"则更强调视线扩展的过程。

（二）拉镜头的特征

拉镜头的特征主要集中于两点。一是拉镜头形成视觉后移效果，从起幅的最小景别开始，通过拉的动作，景别不断变大直至落幅。二是拉镜头使被摄主体由大变小，周围环境由小变大。拉镜头的这两个特征与推镜头的两个特征形成鲜明的对比。

在广告界有一则知名的某品牌卡车广告，整个广告就一个镜头，主体为拉镜头，如图3-15所示。起幅是双手抱臂交叉于胸前、闭着眼睛的男主角近景，起幅部分留了15秒。接着镜头缓慢拉开，人物全身出现、卡车出现，发现人物是站在两辆卡车的后视镜上。随着镜头继续拉远，人物在后视镜上缓缓展开一字马，广告的主体部分信息展示完毕。

图3-15　用一个拉镜头拍摄整条卡车广告

（三）拉镜头的表现力

1. 拉镜头有利于表现主体和主体所处环境的关系

仍以上述某品牌卡车广告为例，如图3-16所示，随着镜头向外扩张，人物变小，景别变大，主体所处的环境越来越多地进入框架里，最终体现出被摄主体与他所在环境的关系，人物与产品共同出现，通过人物的表演，产品的效果完美地得到了展示。

图 3 – 16 用拉镜头营造惊喜的视觉效果

2. 拉镜头的画面构图形成多结构的变化

在推镜头中，取景是由大到小变化的。在推镜头的一开始，观众就已经把这个运动镜头中能够看到的所有东西都看到了。随着镜头的变化，画面中的内容组成越来越少，主体越来越突出。

而在拉镜头中却正好相反，起幅部分是本镜头最小的景别，内容构成最少。随着镜头的运动，越来越多的环境空间被收入取景框中，观众在观看的时候就会有一种好奇：接下来将会有什么东西被带到这个框架中来呢？这一好奇就是由拉镜头构图的多结构变化所带来的。

拉镜头画面的取景范围和表现空间是从小到大不断扩展的，使画面构图形成多结构变化。这就是拉镜头随着镜头的运动使画面构图发生变化的原因。如喜剧电影《夏洛特烦恼》中有一个镜头，是从在电视屏幕上男主角夏洛的表演开始向后拉，电视机完整出现，看电视的人再逐渐出现，电视从主体变为背景，画面构图形成多结构的变化，如图 3 – 17 所示。

图 3 – 17 电影《夏洛特烦恼》中拉镜头截图

3. 拉镜头可通过纵向空间和方位上的画面形象形成对比、反衬或比喻等效果

拉镜头是从一个简单样式（简单构图）到复杂样式（复杂构图）的转变，可以通过这种纵向的空间和方位上的变化来进行一些修辞，比如对比、反衬和比喻等。

4. 拉镜头保持了画面表现时空的完整和连贯

拉镜头具有连续后退式蒙太奇句子的作用。蒙太奇是通过剪辑来实现叙事，可以将不同时空的镜头通过剪辑营造氛围，对追求真实和客观的作品来说，也就存在造假的可能。而拉镜头是一个镜头一气呵成，保证了镜头中时空的完整性和连贯性，在这个镜头里不可能造假。

5. 拉镜头内部节奏由紧到松，可表现感情上的余韵，产生微妙的感情色彩

拉镜头的运动速度常常给人以情绪的力量。缓慢的拉镜头常常用于段落或片子的结

尾，从小景别走向大景别结束一个段落或一个片子，以给人留下感情的余韵。如图 3－18 所示，电影《阿甘正传》中母亲送阿甘上学的拉镜头，起幅时母亲的小紧张糅合了对孩子的鼓励。随着镜头往外拉，校车来了，阿甘要独自前往学校，母子间的亲情此时随着拉镜头转变为放风筝的人和风筝一样，虽然走远了但风筝线永远不会断。这种感情的余韵通过拉镜头来进行表现，十分恰当。

图 3－18　电影《阿甘正传》里母亲送阿甘上学的拉镜头

6. 利用拉镜头作为转场镜头

段落与段落、场景与场景之间的过渡或转换，叫转场。当短视频中一个段落转向另一个段落，一个场景转向另一个场景时，中间需要用镜头起转场效果。拉镜头就常常用于转场镜头。如《阿甘正传》片首，由现在转场到过去的就是成年阿甘的推镜头和少年阿甘的拉镜头，如图 3－19 所示。镜头转换过程中，通过成年阿甘和少年阿甘一致的表情使转场更为自然，阿甘善良、朴实而真诚的人物形象也树立起来。

图 3－19　电影《阿甘正传》中一个推镜头加一个拉镜头从当下转至回忆

四、摇镜头

（一）摇镜头的定义

摇镜头又称"摇"，指摄像机机位的支点不动，摄像机光轴沿水平、垂直等方向运动拍摄的镜头样式。机位就是摄影机的拍摄位置，在拍摄摇镜头的时候，摄像机的机位一旦确定就不再移动或挪动它了。拍摄的时候，可以用辅助摄像设备三角架或者云台，或者就是摄像师手持机，控制摄像机光轴进行摇镜头的创作。摇镜头拍摄示例如图 3－20 所示。

完整的摇镜头由起幅、摇动、落幅三个部分构成。在进行大景别摇镜头拍摄时需要注意地平线在画面中的位置；小景别摇镜头则要注意景深的控制和跟焦点的准确性。

图 3 - 20　摇镜头拍摄示例

（二）摇镜头的特征

1. 摇镜头如同我们环顾四周或将视线由一点移向另一点的视觉效果

用摇镜头拍摄环境可以突破取景器的框架限制，通过景物的渐次展现，产生巡视效果。因此，摇镜头会产生一种"浏览感"，如同我们到一家商店或是一个陌生环境时所做的那样，上下左右进行浏览。摇镜头不强调点，强调的是浏览的过程，也就是中间摇动的这个运动过程，在摇动中会向观众次第展开信息。但要注意摇镜头中依次出现的信息应有相互之间的连贯性，这是摇镜头最重要的一个特征。

2. 摇镜头包括起幅、摇动和落幅三个部分

所有的运动镜头样式都是起幅、运动和落幅三个部分，但不同的运动镜头三个部分的重要程度略有差别，如推镜头的重点在于落幅。而对摇镜头而言，起幅、落幅也是重要的，但更为重要的还是中间的摇动过程。短视频创作者在拍摄摇镜头时要注意通过中间的摇动建立起幅和落幅之间的一种特定联系，并产生一种引申意义，这样才能使摇镜头拥有生命力。

3. 摇动速度符合情节内容和人物的观赏心理

短视频中摇镜头不要随意使用，必须在符合情节内容和人物观赏心理的前提下，用摇镜头去准确地传递更多信息。在情节情绪比较紧张的环境中，摇镜头的速度要快；在表达抒情情绪的时候，摇镜头速度则要适当放缓，给观众一种娓娓道来的感受。

（三）摇镜头的基本功能

1. 展示空间，扩大视野

在空间的展示和视野的扩大上摇镜头的使用非常常见，这也是其最为基本的一个作用。视频画面有一个空间特性叫框架结构，摄像师在取景的过程中，是通过框架对被摄景物做不同范围的截取，构成不同的视觉样式。框架结构同时也是镜头表达上的一个局限，一个门槛，所有镜头只能通过这种框架来表现和结构。

但是摇镜头在摇动的过程中，框架也在摇动，这便是对框架结构突破性的表现。也就是说，镜头可以通过摇动来有效展示空间，扩大视野。图 3 - 21 是在全国重点文物保护单

位上海四行仓库前拍摄的摇镜头截图，起幅是小学生拉着活动队旗，然后往上摇动，落于四行仓库标志性的弹痕墙体上。通过摇镜头，空间得到了展示，视野也因此扩大。

图 3 – 21　小学生在四行仓库前开展爱国主义教育

2. 有利于通过小景别画面包容更多的视觉信息

修长的建筑、逼仄的环境、高大的物体等，当我们用小景别取景想要表现它们的全貌时，摇镜头是个不错的选择。如图 3 – 22 所示，通过一个摇镜头把修长的上海历史博物馆全貌都拍到了，即用小景别构图摇镜头对景物做全景式的展现。

图 3 – 22　小景别构图摇镜头展现上海历史博物馆全貌

3. 介绍、交代同一场景中两个物体的内在联系

通过摇动，把同场景中的两个景象或者物体通过起幅和落幅构建起联系。如图 3 – 23 所示，大量排队的人群和网红饮食店，通过摇镜头建立联系。

图 3 - 23 起幅、落幅的场景通过摇动建立联系

五、移动镜头

(一) 移动镜头的定义

移动镜头是以移动摄影方式拍摄到的镜头样式，即摄像机借助移动工具，进行纵深移动或横向移动，被摄对象可以是静止的或运动的。移动镜头是一种综合性的运动样式，是运动镜头的精髓，它最大的优势也在于其综合性。从一定意义上来说，升、降、跟其实都是移动镜头中的特殊样式。在拍摄移动镜头时，摄像机镜头的运动与机位的运动要结合起来，才能把移动镜头的最大优势发挥出来。

当前，随着摄像辅助设备品类越来越多，也更加轻型化、便捷化，滑轨、云台、航拍器等经济实惠又操作便利的移动镜头辅助拍摄的工具很容易获得，使移动镜头的拍摄相比过去便利很多。利用滑轨拍摄移动镜头如图 3 - 24 所示。

图 3 - 24 利用滑轨拍摄移动镜头

（二）移动镜头的分类

移动摄像使画面的框架一直处于运动的状态之中，从而使拍摄主体呈现出位置不断移动的一种状态。移动镜头可以细分为前移动、后移动、横移动、曲线移动四大类。

前移动就是摄像机机位向前运动；后移动指摄像机机位向后运动，后移动是与前移动的运动方向相反的一种移动拍摄；横移动指摄像机机位做横向移动，分为向左横向移动，向右横向移动；曲线移动指摄像机随着复杂空间而做的曲线运动，也叫综合移动。

（三）移动镜头的主要作用

移动镜头在当前短视频创作中使用的量很大，这与移动镜头所具备的特质有关。移动镜头的主要作用在于，开拓了画面的造型空间，创造出独特的视觉艺术效果；在表现大场面、大纵深、多景物、多层次的复杂场景时移动镜头具有气势恢宏的造型效果；移动镜头摆脱了定点拍摄后形成了多样化的视点，可以表现出各种运动条件下的视觉效果。

六、跟镜头

跟镜头是摄像机始终跟随运动的被摄主体一起运动拍摄的镜头样式。跟镜头拍摄时，摄像师跟随被摄主体做移动拍摄。但跟镜头与移动镜头的不同，跟镜头有明确的拍摄主体，而移动镜头不需要有明确的拍摄主体，其主要偏向于对整体环境和空间的浏览。

影视创作中跟镜头出现频率很高，比如德国电影《罗拉快跑》中，跟镜头的量非常惊人，罗拉一直在跑，摄像师一直在跟，其该影片成为跟镜头比率最高的电影之一。由斯坦利·库布里克导演的电影《闪灵》，里面也有几个经典的跟镜头，如图 3-25 所示。

图 3-25　电影《闪灵》中作家的儿子在饭店走廊骑儿童车时的跟镜头

（一）跟镜头的特点

第一，画面始终跟随一个运动的主体拍摄，这个拍摄主体可以是人物也可以是物体。这是区分跟镜头与移动镜头的一个主要特点。

第二，被摄对象在画框中的位置相对稳定，画面对主体表现的景别也相对稳定。在进行跟摄时，被摄主体在画框中的位置是比较确定的，不会太过随意地对景别做调整，而是一种构图相对稳定的拍摄方式。这有利于展示被摄对象在运动中的动态、动姿和动势。

如纪录片《迁徙的鸟》中，对鸟群进行跟拍的时候，镜头的运动速度与鸟儿们的飞行速度相当，使鸟群在画面中所处的位置没有太大变化，基本保持了构图的稳定，如图3－26所示。

图3－26　纪录片《迁徙的鸟》跟拍鸟群，在同个跟镜头中，构图相对稳定

（二）跟镜头与推镜头、移动镜头有区别

在实践练习中，大家比较不容易区分跟镜头、推镜头和移动镜头这三种镜头样式。其实这三者有很明显的不同。

跟镜头与推镜头的区别在于景别是否有变化。跟镜头的拍摄主体在画面中的景别一般都是一致的，不做大的调整。而推镜头的拍摄主体在画面中有一个从小到大的渐变过程，即随着摄像机或镜头焦距向拍摄主体的不断靠近，视觉构图会有一个从大景别到小景别的渐变过程。

跟镜头从一定意义上来说是一种特殊的移动镜头，因为跟镜头也是借用一定设备或是通过摄像师的身体进行移动拍摄。但是既然我们分开来表述这两种镜头，它们就必然也是存在着根本性的差别。跟镜头和移动镜头的差异主要在于，跟拍的画面有具体的跟随主体或是一条跟的线索，如图3－25所示的电影《闪录》中小孩儿的跟镜头，跟拍的主体就是骑车的小孩；而移动镜头的画面中可以没有一个具体的主体，移动的过程是一个"只是从你身边路过"的对群体或群像的浏览过程。

（三）跟镜头的作用

跟镜头在纪实性节目或是纪实风格的影视作品中运用得比较多，因为跟镜头是跟随着被摄主体的运动进行拍摄的，是一种非常忠实的对被摄主体的记录，使观众有一种跟随摄像镜头成了一名现场的"目击者"的一种效果。

跟镜头的作用主要体现在：能连续、详尽地表现运动中的被摄主体，并且通过这种跟随拍摄，有利于通过人物引出整个环境。最重要的，就是可以通过跟拍，把多个有用信息进行自然的串连。也就是说，跟镜头要有一个跟的线索，但是不光要跟着走、跟着拍，更为重要的是要让新的信息在跟的过程中不断呈现出来，使这位被跟者成为串糖葫芦的那根棍儿一般，把一个个有用的信息——也就是糖葫芦给串起来。不然的话，这种"跟"就失去意义了。

如电影《阿甘正传》中少年阿甘首次奔跑起来的那组跟镜头，如图3-27所示，少年阿甘被男孩子们欺负，他唯一的好朋友珍妮让他跑，他一步步快速向前走。坏孩子们在后面追他（也是跟镜头），珍妮着急地喊着"跑，快跑"。阿甘越走越快、越走越快，最后挣脱了脚上笨重的"铁鞋"，跑动起来，从此迎来新的人生。这组跟镜头，信息量很大，在人物形象的塑造、故事情节的推进中承担了重要的任务。

图3-27　电影《阿甘正传》中少年阿甘的第一次奔跑用跟镜头表现

七、升降镜头

（一）升降镜头的定义

摄像机借助升降装置等一边升降一边拍摄的方式叫升降拍摄。用这种方法拍摄到的画面叫升降镜头。

（二）升降镜头的造型能力

1. 升降镜头有利于表现高大物体的各个局部

高大物体的各个局部，可以通过摇镜头表现，也可以通过升降镜头表现。相比而言，升降镜头对每个局部的表现在视觉上更加自然流畅。

2. 升降镜头有利于表现纵深空间中的点面关系

如图3-28所示是电影《阿甘正传》中的一个升降镜头，珍妮父亲在恶狠狠地找她，她和阿甘在玉米地里祈祷，希望变成一只鸟。镜头上升，群鸟从农田飞出，珍妮虽然没有变成一只能飞走的鸟儿，但预示着命运从此刻开始也发生了变化。

图3-28　电影《阿甘正传》中农田里的一个升降镜头，从点到面，展示情绪和情节变化

3. 升降镜头常用来展示事件或场面的规模、气势和氛围

一升一降，似有"俯仰天地间"的豪迈洒脱。大场面和大事件总少了用升降镜头来提升气势和抒发情绪。

4. 利用镜头的升降可以实现一个镜头内的内容转换与调度

升降镜头可以非常自然地进行句子与句子、段落与段落、场景与场景间的转换和调度。如前文中提到的电视剧集《长安十二时辰》开篇的两分钟长镜头，从天上到地上，从地面到二楼都使用了升降镜头进行内容和场景的切换，高级又有效。

5. 升降镜头的升降运动可以表现出画面内容中感情状态的变化

利用升降镜头表达抒发情绪、展露情感很常见也很实用。如图 3 - 29 所示是电影《阿甘正传》中的升降镜头，表现的是阿甘第一次奔跑及投入奔跑"事业"后的一组镜头，这组镜头的第一个和最后一个是两个悠长的升降镜头，阿甘瘦小的身影奔跑在广袤的大地，伴随着镜头的俯仰之间让我们油然而生的感动，看过电影的观众都不会忘记。

图 3 - 29 电影《阿甘正传》中阿甘挣脱束缚开启新人生的关键时刻使用了升降镜头

练习题

1. 什么是固定镜头？固定镜头适合的场景有哪些？

2. 什么是运动镜头？运动镜头有哪些特点？

3. 不同运动摄像方式的造型特点、功用及拍摄时的注意事项分别有哪些？

4. 实训：自行确定两类拍摄主体：一类是运动幅度不大的拍摄主体，另一类是处于运动状态的拍摄主体，分别用固定镜头进行表现。拍摄时，要有效结合五级景别、拍摄角度等知识，用不同景别、不同角度的固定镜头来表现主体。

5. 实训：自选视频主题和拍摄场景，围绕运动镜头的样式做拍摄练习，要求能体现每种运动镜头样式的特点和表现力，并能将其应用于表现视频主题。

第四章

短视频的影像叙事表达

短视频的影像叙事表达中，构图、光影、色彩等技术元素是保障叙事效果的技术基础；轴线规律、主客观镜头等的运用则是完成叙事逻辑的主要手段。本章将从构图、轴线规律、色彩与用光、主客观镜头等几个方面，对短视频的影像叙事表达元素进行介绍。

构图技巧

短视频是二维的平面造型艺术，但是在创作时导演/编导会以三维空间的展现进行安排，并考虑到画面中形状、线条、色彩和质感等元素的表达，从而达到他们需要的平衡、和谐、均势等视觉效果，这就是构图。可以说，影视创作当中的构图理念是从几千年的美术史中继承下来的。

对任何平面造型艺术而言，知名的艺术家常常会传递"构图无一定准则"的理念。虽然构图无定则，但有原则，这便是在平面造型艺术领域被普遍公认的构图技巧。

需要注意的是，视频与摄影和绘画这几类平面造型艺术的不同之处在于视频是动态的，因此它的构图有自身的特点，我们将对短视频的构图技巧分为两块内容做介绍，一是静态构图，二为动态构图。对短视频而言，静态构图与动态构图在某些镜头如综合性运动长镜头当中兼而有之，但拆分开来进行学习将有助于初学者对视频构图的理解，并能加速大家对构图知识和技能的掌握与应用。

任何主题和风格的短视频都是由一个一个镜头组成，镜头的内容可以是静态的也可以是动态的，或者如上所述兼而有之。但仔细区分，我们可以将任何镜头进行明确的静态与动态的区分，或者是对一个长镜头的各阶段进行静态和动态的明确划分。

总体而言，静态的镜头内容和动态的镜头内容共同完成了对视频内容的陈述。而从构图角度来说，镜头内容的构成也就分为了静态构图和动态构图两种。以下我们将分别对这两种构图样式进行分析。

一、静态构图

静态构图是用固定镜头拍摄静态的主体，在一个镜头内只表现一种构图形式的构图方法。画面的构图中心是观看者的视觉中心或兴奋中心。

短视频的镜头分为固定镜头和运动镜头两大类。固定镜头指摄影机机位、镜头光轴和焦距都固定不变进行拍摄，所摄对象可以是静态的，也可以是动态的；静态构图中用固定镜头拍摄的主体，是处于相对静止状态的。因此，静态构图所涵盖的范围是固定镜头中的一部分。静态构图是动态构图的主要依据，也是镜头构图的基本功。

由于静态构图的画面框架是固定不变的，拍摄对象也是相对静止的，它所表现的是封闭的视觉空间和相对静止的时间概念。在进行静态构图时，我们可以围绕以下几个方面的要求去进行画面构图。

（一）构图要有视觉中心

我们的视觉中，视频区别于摄影、绘画等其他平面造型艺术的最大特点在于其中的场景都是"动"的。但是前面分析过，视频的真实状态是平面二维的，它的"动"是每秒24帧画幅连续播放而形成，因此动态的画面本质上仍是以静态的画面为基础。在进行动态构图时，首先要苦练静态画面的基本功；而静态构图应遵循构图最基本的法则，首要的就是要有视觉中心。

在进行短视频镜头拍摄时，要突出画面中心的主要对象，也就是镜头中的拍摄主体或是表现主体，在画面拍摄过程中，确保主体处于画面结构的中心，让观众一眼能够看到。而突出主体的方式很多，比较常见的有以下这些。

1. "黄金分割"构图法

黄金分割构图法的基本理论来自于黄金分割比值 0.618。黄金分割是指将整体一分为二，较大部分与整体部分的比值等于较小部分与较大部分的比值，其比值约为 0.618。这个比例被公认为是最能引起美感的比例，因此被称为黄金分割。这个比例在生活中比比皆是，其主要用意在表达"和谐"，在画面构图中引入黄金分割比例则可以让视频感受更自然、舒适，更能吸引观众的目光。最常用的"黄金分割"构图包括"黄金螺旋"和"黄金九宫格"。

（1）"黄金螺旋"构图。"黄金螺旋"构图利用黄金分割数列的各数字作为长度组成为一个一个的正方形。一连串在正方形上的对角点会形成一条路径，引领观赏者以最自然的方式欣赏框架内的画面，如图 4 - 1 所示。"黄金螺旋"构图的应用如图 4 - 2、图 4 - 3 所示。

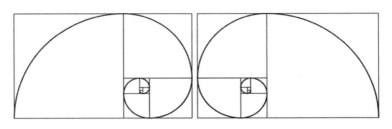

图 4 - 1 　"黄金螺旋"构图

图 4 - 2　"黄金螺旋"构图应用 1

图 4 - 3　"黄金螺旋"构图应用 2

（2）"黄金分割"三分法则。三分法则是"黄金分割"的简化版，与我国书法中的"九宫格"类似。九宫格是我国书法史上临帖写仿的一种界格，又叫"九方格"，即在纸上画出若干大方框，再于每个方框内分出九个小方格，以便对照法帖范字的笔画部位进行练字。

在构图中使用三分法则的主要目的是避免对称式构图。对称式构图有它自身的特点，可以有效突出拍摄主体，但是用得不好容易显得普通、呆板和空洞，使用三分法则可以使画面看起来更灵动。三分法则的应用如图 4 - 4 所示。

图 4 - 4　三分法则的应用

2. 明暗对比法

明暗对比法非常简单，即在同个画面中有明暗处理，将需要突出的部分放在明亮的地方，将陪体、前景、背景等用来突显主体的部分放在暗处，受众在看这个镜头时自然地把目光落在亮处的主体身上。舞台表演经常使用的追光，就是一种使用明暗对比法突出主体的方式。明暗对比法的应用如图4-5所示。

图4-5 明暗对比法的应用，将荷花处于最亮处，其他景物在稍暗处

3. 虚实法

短视频创作中，虚实构图非常常见。虚实法即聚焦于主要表现的对象，即主体是实的，而陪体、前景、背景等虚化处理，以衬托主体的鲜明。虚实法的应用如图4-6所示。

图4-6 虚实法的应用。前景虚化，聚焦在中景的众人——
一群正在排练的中老年歌者，这里的主体是群像

4. 视线引导法

在短视频拍摄中，视线引导法用得很多，在静态构图和动态构图中都普遍存在，视线引导可以构成画面的层次，也可以营造戏剧效果或是构成悬念。运动镜头中的摇镜头及几个镜头的剪辑中都可以应用视线法叙事。视线引导法的应用如图4-7、图4-8所示。

图 4 - 7　妈妈的视线在小孩身上，此处小男孩是主体，妈妈是陪体

图 4 - 8　馅饼摊前，女人的视线集中于男人手中的主角——馅饼，构建有趣的喜剧效果

5. 线条法

在日常生活中我们最常见到的是直线，直线可以说是生活的常态。区别于直线的曲线、斜线等，则会给人抢眼的感觉，应用在镜头中用以突出主体，也会使画面显得更灵动。线条法的应用如图 4 - 9 所示。

图 4 - 9　黄浦江与建筑群的曲线，营造画面的纵深感，也使处于黄金分割位置的国旗和建筑更显突出

6. 色彩法

1960 年尼克松与肯尼迪在开展竞选总统的电视辩论时，出现了关于用色彩法突出主体的经典案例。当时辩论现场的背景为浅色，尼克松穿了浅灰色西装，肯尼迪穿着深色西装，加之两者年龄和身体健康状况都存在差距，最后的结果果然是肯尼迪更胜一筹。

色彩法在视频创作中应用很多，我国知名导演张艺谋在他的电影及大型演出中就很善于运用色彩来营造不同的视觉效果。

色彩法的应用如图 4 – 10 所示。

图 4 – 10　鹰击长空。湛蓝天空下的雄鹰更显雄壮

7. 前后法

利用前后法来突出主体，是构图时经常会用到的。在同一个画面中，一般而言谁更靠近镜头谁就更出镜。此时，我们的聚焦点也需要落在更靠近镜头的主体身上。前后法的应用如图 4 – 11 所示。

图 4 – 11　雪中的舞者。最靠近镜头的老人是主体，孩子们为陪体

8. 朝向法

朝向法就是在画面中谁面向镜头谁就更出镜。朝向法的应用如图 4 – 12、图 4 – 13 所示。

图 4 – 12　此构图中面向镜头的老人最醒目突出

图 4 – 13　中景部分的老人因回头面向镜头，而成为主体群像的一部分

9. 景别法

景别就是画面中表现出的视域范围，它直接体现为景物在画面中空间范围的大小和主体在画面中所占面积的大小。常见的景别分类为五级景别，分别是远景、全景、中景、近景和特写。九级景别是行业内更为细化的景别分类，包含大远景、远景、大全景、全景、中景、中近景、特写和大特写。

利用景别可以控制受众与拍摄对象之间的关系。其中，中景以上景别对拍摄对象有较为细致的表现。因此，对主体运用中景及以上景别的构图能有效突出主体的地位。景别法的应用如图 4 – 14 至图 4 – 16 所示。

图 4 – 14　西瓜熟了。利用中近景对主体及其上肢动作进行描写

图 4 – 15　中景景别已经使主体非常醒目

图 4 – 16　特写是最具强调意味的景别，特写给谁，谁就是主体

主体的突出方法还有很多，以上介绍的只是常见的部分。在短视频拍摄中，主体突出的各种方式方法可以综合起来使用，从而可以更好地突出和强化主体。

（二）构图要讲究留白

留白是我国传统艺术的重要表现手法之一，被广泛用于中国绘画、陶瓷、诗词等领域，是为整个作品的画面、章法更为协调精美而有意留下的空白，留白即给人留有想象的空间。就艺术角度而言，留白是以"空白"为载体进而渲染出美的意境的艺术。

在进行短视频创作时，通常情况下构图不要太满，在结构画面时可以在被摄主体周围适当地留下一些空白，以增强主体的视觉冲击力，从而更有利于突出主体。尤其是拍摄人物，更不能拍得太满，应在画面的上、下部分留出适当的空间。

适当的留白，不仅可使画面感觉通畅，视觉舒适，而且还能给人以想象的余地。具体留白多少，可以根据现场情况来进行定夺，最终是以视觉感受上达到平衡作为基本准则。

但需要注意几点：一是特写这一景别一般在构图中会做得比较满，以起到绝对的强调意味，这一景别构图与留白并不冲突；二是主体如果是人物，在构图时头部上方的空白不可以留得过多，因为人的脸部处在画面的视觉中心位置，如果太多会使画面产生重心下垂的感觉。

留白的应用如图 4 - 17 所示。

图 4 - 17　雨后娇艳的花朵。周边留白更好地突出了主体

（三）处理好主体和陪体、前景和背景的关系

视频构图中，在画面上有时既有被摄主体又有其他物体，主要的组成部分是陪体、前景和背景。

1. 主体

主体是画面所表现的内容的主要体现。主体可以是一个对象，也可以是一组对象；可以是人，当然也可以是物。主体是根据表达内容的需要、上下镜头的衔接以及构图形式的规律来安排的。

在画面构图时，主体是画面结构的中心，它可以出现在画面的任何位置，但是一定要鲜明突出。如果通俗地描述主体，那便是：一个画面中你如果遮住某一部分会使画面失去了表达能力，被遮挡的这部分便是画面的主体部分或是主体的组成部分。

主体可以是单个个体，也可以是群像。很多镜头是一种 1 + 1 + 1 > 3 的表达，前面的各个 "1" 都是重要的，主体部分没有办法集中在其中一个 "1" 上，而是需要多个 "1" 来表现，这里的主体便是一组群像或者一种意境，如图 4 - 18、图 4 - 19 所示。如同我国古诗词中的描述："枯藤老树昏鸦，小桥流水人家，古道西风瘦马"，每句诗中都有多个个体，多个个体又构成总体，这个总体就是构图中的主体群像。

图 4 - 18　路、山和云构成的主体，共同表现西北边塞的雄壮与迤逦

图 4 - 19　双胞胎。主体为群像

2. 陪体

陪体是相对主体而言的，是指与拍摄主体有紧密联系的对象，是画面中陪衬说明主体景物或人物的那些元素。

陪体的作用主要有：帮助主体揭示主题；均衡画面，使画面更富有形式美感；渲染气氛，使画面更自然，富有生活气息。如图 4-20 所示，主体为小哥儿俩，处于陪体位置的猴子看向小哥儿俩，似在倾听他们的谈话。主体与陪体共同营造了人与动物和谐相处的场景。

图 4-20　聊天

3. 前景

前景是指在画面主体前，最靠近镜头的景物或人物，如图 4-21 所示。前景没有固定的样式和位置，可以出现在画面的四边、四角，也可以是框形或者遍布整个画面；可以是实像，也可以是虚像。通过前景的设置，镜头的空间结构可以被夸张：事物越靠近镜头，空间张力就会越大。

前景的主要作用在于，可以加强对画面纵深的表现力，或是增强视觉冲击力，有时是在运镜过程中起遮挡作用并通过遮挡来转场，而有时只简单地在画面中起装饰作用从而使画面更美观。

图 4-21　主体前面红线范围内为前景，起到丰富画面层次感的作用

4. 背景

背景是指画面中主体后面的景物，如图 4 - 22 所示。背景可包括后景、远景中的人物、建筑、群山、大地、天空，也可以仅仅是人物、景物的衬底，或者仅是一堵墙、一大块色底。

图 4 - 22　主体男生后面的军训队伍为背景

背景的主要作用在于：说明所在的时空环境；突出主体所在的位置；起到丰富画面层次作用。

在整体构图中，主体是画面最重要的组成部分，应处在视觉中心位置。陪体则要处在次要位置上。拍摄人物时，主要的人物脸部要朝向镜头，形象要完整；而用于陪衬的人物则可以侧面来表现，形象不一定要完整，甚至可以适当虚化。

短视频创作过程中，除了安排好主体和陪体的关系外，还要处理好前景和背景的关系。背景宜简洁些，它起着点明环境特点的作用；背景不宜太亮，不宜选择过多的天空作背景，在室内时，要避开窗户或拉上窗帘。晚上拍摄时，避开直射镜头的灯光，防止光圈收缩使主体发暗。

（四）处理好画面中的线条

线条在画面构成中起着非常关键的作用。突出和强调不同物体的富有表现力的线条，是构成千变万化的可视形象的最基本因素。

拍摄时，要根据所拍摄画面的主要线条，加以提炼安排，为主体的表达服务。一般来说，曲线能有效引导视线向纵深发展，同时还能表现出画面的空间深度，是短视频拍摄中运用得比较多的线条样式，如图 4 - 23 所示。水平线能引导视线横向移动，产生开阔、舒展的效果，并能延伸人的视线。纵向线条可以导致视线向画面的深处移动，使画面结构丰富，立体感强。斜线条可以使人感到从一端向另一端的扩展或收缩，常常用于表现运动中的主体，有一种内在的节奏感和韵律感。圆形线条则给人一种周而复始的循环往复的感觉。

图 4 - 23　向纵深延伸的曲线在表现镜头的纵深感和立体感上自然且高效

二、动态构图

动态构图是影视画面中的表现对象和画面结构不断发生变化的构图形式。在短视频创作中，动态构图是区别于静态构图的一种重要构图形式，也是短视频构图中常用的构图样式。

（一）动态构图的三种情形

动态构图主要的情形分为三种，以下结合我国导演姜文执导的电影《太阳照常升起》中的几组镜头来了解。

1. 固定镜头拍摄动态主体

画面为固定镜头样式，画面中的主体却是动态的，此为固定镜头拍摄动态主体。影片中有一组火车镜头，如图 4 - 24 所示，固定镜头拍摄夜晚的火车和白天的火车，画面框架固定不变；画面中的主体——蒸汽火车处于动态中，冒着卷卷向上的蒸汽从轨道的一端开向另一端，以固定视角对主体的运动做客观记录。

图 4 - 24　《太阳照常升起》中固定镜头记录运动主体

2. 运动镜头拍摄静态主体

镜头样式为运动镜头，推、拉、摇、跟、移动、升降或综合性运动，而被摄主体为相对静态。如影片中这个"疯妈"的镜头，如图4-25所示，以推镜头样式，拍摄相对静止的"疯妈"，镜头通过向前推动这样一个动作，来对主体进行突出表现。

图4-25　《太阳照常升起》中通过推镜头步步前进强调静态主体

3. 运动镜头拍摄动态的主体

用运动镜头样式，去拍摄动态的主体。如影片中"疯妈"沿着铁轨找娃娃的镜头，用跟镜头样式跟拍奔跑的"疯妈"，如图4-26所示。画面中，"疯妈"处于右侧1/3位置，跟拍的同一个镜头中，她在画面中所处位置基本不变，为典型的跟镜头。

图4-26　《太阳照常升起》中运动镜头拍摄动态主体

（二）动态构图的作用

动态构图在短视频拍摄中运用得很多，其在静态构图的基础上，视觉效果更显开放、灵活和立体。动态构图在视频中能起到交代环境、突出主题、刻画细节、阐明对象间关系等作用，因而更能吸引观众注意力。

（1）动态构图由于画面结构的变化，会影响观众对画面内部构图元素的注意程度，调整受众视线，具有一定的指向作用。比如推镜头，在向前推进过程中引导受众聚焦于创作者强调的主体，指向性非常强。

（2）动态构图能形成鲜明和多变的画面节奏，产生复杂的心理暗示。无论是固定镜头拍摄运动主体，还是运用运动镜头样式对主体进行描写，都会带来画面结构的多样性变化，使画面节奏通过运动有效调节，对情节的推进、叙事的铺陈都十分有利。

（3）动态构图能使物体之间、镜头之间产生更多的联系，使镜头内容更具有联系性和连贯性。这也是视频相较于其他平面造型艺术更为突出的地方，动态构图有利于画面突破二维局限，实现对三维立体空间的描摹。

（三）动态构图技巧

动态构图是电视摄像、视频拍摄特有的构图法则，它以静态构图为基础，遵循基本的静态构图原则，但也有自身鲜明的特点。

1. 固定镜头拍摄动态的主体需要优先考虑主体活动方式，再考虑布局景别

当使用固定镜头拍摄动态主体时，首先要考虑画面中主体活动的方式。运用固定框架拍摄主体的活动，在进行构图时要充分考虑主体动作的范围和幅度，再来确定取何种景别。此时，画面的框架要为主体的完整动作服务，使主体在动态过程被全程记录。如果主体为人物全身，要把四肢的伸展空间考虑进去，取景时预留相应空间。

固定镜头拍摄动态主体时，画面中场景是固定的，因此在拍摄时要了解主体移动的路线，提炼运动主线条，并以此来选定画面的结构图形，使景物排列有序。

如果拍摄时有入画的设计，即被摄主体从画框外进入镜头，要充分考虑其进入镜头后所处的位置，要确保主体入画时处于视觉中心位置。

2. 运动镜头拍摄静态主体时，起幅、落幅的构图是重点

利用运动镜头进行拍摄时，起幅、运动、落幅三个步骤要完整，起幅与落幅不可省略，且要精心构图。

运动镜头的起、落幅部分是否在后期剪辑中使用，这是后话。在前期拍摄时，三个步骤务必完整，而且要根据不同的运动镜头样式，着重强调起幅或者落幅的重要性。比如在推镜头中，其推动的过程是视线引导的过程，创作者通过推的动作将受众视线引导至想要强调的主体。因此，落幅的构图在推镜头中尤其重要。摇镜头经常通过摇动为起幅与落幅建立一种联系，因此起、落幅的构图同等重要。另外，摇镜头的路线应根据景物的形体与线条的结构，适当考虑镜头的运动路线。应该尽可能地沿着有形或无形的线条移动，使画面内的景物变化有序，避免在摇动过程中画面上出现空无一物的空白画面。

所有运动镜头在拍摄静态主体时，运动过程都要干净利落，起幅、落幅构图一次完成。因此，一般成熟的摄像师在条件允许的前提下会在正式拍摄运动镜头前预走几遍。

3. 运动镜头拍摄动态主体，构图时要以表现人物活动为主

运动镜头拍摄运动的主体，即主体活动时摄像机也在跟着运动，画面的景物会随着主体的运动而不断地更换场景，但主体却始终在画面中。那么此时的画面应根据主体还是周围景物来构图呢？前面介绍主体时我们讲过，构图时的一个核心要求是确保主体在画面中始终处于视觉中心位置。因此，此时当然应该确保更好地表现主体。

　　镜头跟随着主体运动，主体应始终在画面的视觉中心，并保持相对的稳定。取景时，应在运动方向的前方位置多留些空白。镜头的运动速度与主体的运动速度保持一致，避免主体在画面上出现忽前忽后的现象。镜头在运动时，主体的运动速度往往通过环境或背景中景物的移动快慢程度来体现。

　　对于综合性运动长镜头，一个镜头中会涉及多个主体、多个场景，因此要结合镜头表现和叙事要求安排场景的变化和主体的更替。

第二节

轴线规律

　　轴线规律是后期编辑需要掌握的一个重要规则，也是初学视频拍摄的人经常会踩雷的一个知识点，比如在前期拍摄时发生越轴拍摄的错误。因此，这个知识点也是进行短视频创作时必备的一项内容。

　　轴线又称之为关系线、运动线、180度线，是视频中表现人物（或物体）的运动方向、人物的视线方向和人物之间交流而产生的一条无形的线，是拍摄中为保证空间统一感而形成的一条无形的假想线，它们所对应的称谓分别是运动轴线、方向轴线和关系轴线。轴线直接影响着镜头调度，保持轴线的统一才会使画面的空间感保持统一，如图4－27、图4－28所示。

图4－27　中华人民共和国成立70周年献礼片《我和我的祖国·白昼流星》
中一组在同一轴线方向拍摄的镜头

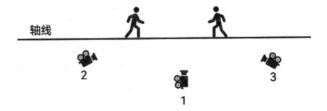

图4－28　1—3机位对应上图4－27中3个镜头的拍摄机位

一、机位设置的轴线问题

在进行机位设置和拍摄时,要遵守轴线规律,即在轴线的一侧区域内设置机位,无论拍摄多少镜头,摄像机的机位和角度如何变化,镜头运动如何复杂,从画面看,被摄主体的运动方向和位置关系总是一致的。

否则,就称之为"越轴"或"跳轴"。

如图 4-29 中所示,机位 1、2、3 位于运动方向轴线的同一侧,这 3 台机器拍摄到的镜头符合轴线规律。而 4 号机与 1—3 号机拍摄到的镜头是跳轴的,4 号机位拍摄的镜头中人物的运动方向与 1—3 号机的相反,就是越轴了。

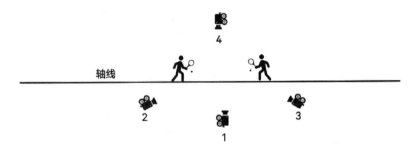

图 4-29　相较于 1—3 号机位,4 号机位拍摄到的镜头属于越轴镜头

就像前面说到的,越轴后的画面,被摄对象与前面所摄画面中主体的位置和方向是不一致的,从而出现镜头当中主体运动方向上的不一致和矛盾,造成前后画面无法直接放在一起使用。此时,如果硬性组接,就会使观众对所画面中的空间关系产生视觉混乱。

因此,在进行机位设定时,要注意到轴线规律,按照规律去进行机位的布置和素材的拍摄。

二、运动轴线

主体运动的方向即画面中人物、物体运动的方向,存在着一条运动轴线。在拍摄时遵循运动轴线规律对于正确还原主体的运动非常重要。主体运动的速度越快,"动作轴线"的作用就越明显,由"越轴"给观众造成的错觉也就越严重。

运动轴线是由被摄主体的运动所产生的一条无形的线,或称之为主体运动轨迹。在拍摄一组相连的镜头时,摄像机的拍摄方向应限于轴线的同一侧,不允许越到轴线的另一侧。否则,就会产生"跳轴"镜头,也就是说在镜头里会出现主体运动方向上的矛盾,造成画面空间关系的混乱。

如《国际导演拍北京》中的"飞扬的五环"这个短片,孩子们分为五支队伍,拿着气球奔向不同的地点,每个完整段落中的镜头都按照运动轴线规律,在轴线同一侧拍摄,这样剪辑起来运动的方向是一致的,这是视频剪辑中的一种基本逻辑。如图 4-30、图 4-31 所示。

图 4 – 30　《国际导演拍北京·飞扬的五环》中 3 个符合轴线规律的镜头

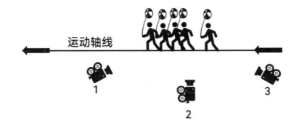

图 4 – 31　图 4 – 30 中 3 个镜头对应的 1、2、3 号机位示意图

三、方向轴线

　　方向轴线是指人物在静止观察周围某物体的时候，人物视线与物体之间构成的轴线。人和动物的眼睛在看东西时，眼睛与物体之间会形成一条假想的"直线"，这条"直线"就构成了方向轴线，也叫视向轴线。

　　受众在看视频时，他们的心理视线会自觉不自觉地和片中主体的视线保持一致。所以，在进行镜头拍摄时，要认真处理主体视线的方向，调动观众参与到视频的情境中来。

　　如北京宣传片《国际导演拍北京·飞扬的五环》中，学生放飞气球后，气球飞行的方向与看气球的人构成方向轴线，导演用同角度仰视的镜头使看气球的北京居民与气球间的视向轴线得到体现，如图 4 – 32 所示。图 4 – 33 中玩倒挂的孩子和他们视角中的气球与风景保持了视线的一致。

图 4 – 32　《国际导演拍北京·飞扬的五环》上升的气球和看气球的人视向轴线得到体现

图 4 – 33　《国际导演拍北京·飞扬的五环》玩倒挂的孩子与他们眼中的气球，视向轴线也得到了关照

四、关系轴线

视频中两个人物头部之间的交流线会构成关系轴线。在拍摄人物交流镜头时，要注意按照关系轴线的规律进行拍摄。

如中华人民共和国成立 70 周年献礼片《我和我的祖国》相遇篇中，男主角在受到辐射后与首长之间的交流，就是按照两者对话时产生的关系轴线进行镜头的拍摄，全部镜头都是在两者关系轴线的同一侧拍摄。首长位于画面右侧、看向左侧的男主角；男主角位于画面左侧、看向右侧的首长，这一点在段落表达中是恒定的，如图 4-34、图 4-35 所示。

图 4-34　《我和我的祖国·相遇》中的 3 个镜头

图 4-35　图 4-35 中 3 个镜头相应机位示意图

如果越过轴线到另一侧拍摄，两者的视线方向就会混乱，会给观众造成两者关系上的困惑。

五、解决越轴问题的方法

如果在短视频的后期剪辑时遇到越轴镜头必须用该如何处理？我们可以在两个越轴镜头之间加上过渡镜头，用以冲淡由于越轴在观众心理上造成的困惑。

适合成为过渡镜头的镜头样式主要有以下几种。

（一）中性镜头

中性镜头没有明显的方向感，可以减弱方向改变造成的不适应感。如在前面的拍摄角度章节中介绍的顶俯角度，就属于偏中性的视角，可以作为两个越轴镜头之间转场的中性镜头来用，如图 4-36 所示。在轴线的正前方或正后方机位拍摄到的也是常见的中性镜头，如图 4-37 所示。

图 4 - 36 顶俯角度拍摄的镜头偏中性视角

图 4 - 37 轴线的正前方或正后方机位拍摄的镜头属于中性镜头

（二）特写镜头

特写镜头本身具有比较强的视觉冲击力，而其运动和方向感很弱，它的插入可以削弱方向突变造成的视觉冲击。

（三）全景镜头

利用全景镜头的定位功能，可以对变化了的空间关系加以明确，使方向的改变变得合乎逻辑。

（四）带有动势改变的主体运动镜头

越轴镜头之间加入带有主体动势改变的镜头，比如主体转弯、转身或是转头的动作或动作趋势，可以对两个越轴中运动方向的改变起到类似解释的作用。

第三节

色 彩 与 用 光

摄影摄像是用光的艺术，光是摄影摄像最重要的元素，没有光也就没有影像。光有强弱，有方向，也有色彩。对短视频拍摄而言，色温和白平衡、光位和光型都是必修的知识点。

在电磁波谱（electromagnetic spectrum）当中，人类的眼睛只能看到放射能量的一小部分。电磁学上的能量，是以波长（wave lengths）来测定的，可见光只是光谱中极小的一部分，范围从波长较短的紫外线，到波长较长的蓝光、绿光、黄光和红光。

人类的眼睛所看到的不同波长，代表的就是不同颜色。白色的光线则是由所有可见波长组合而成，当白色光线照射在一朵红花之上，这朵花会反射红色的波长，并吸收掉其他的波长。如果照射在花上的光线颜色有所改变，我们对花的颜色的知觉也会跟着改变。这种人类察觉颜色的方法，对我们展现视频的色彩有着重要的规律性提示。

一、色温和白平衡

（一）色温

色温是光线在不同的能量下，人们眼睛所感受到的颜色变化，以开尔文（K）为色温计算单位，也称为光色，简单说就是"光的颜色"或者"色光成分"。

通常人眼所见到的光线是由 7 种色光的光谱所组成。但其中有些光线偏蓝，有些则偏红，色温就是专门用来度量和计算光线颜色成分的方法。它是 19 世纪末由英国物理学家洛德·开尔文所创立，开尔文制定出了一整套色温计算法。因此，色温的计量单位就是以开尔文来命名，简写为英文字母"K"。

摄影和摄像领域，会用色温数值来精确测量光线不同的颜色。从理论上说，能够吸收外来的全部电磁辐射的黑体——在受热之后就会发射光线，逐渐由黑变红，转黄，发白，最后发出蓝色光。当加热到一定的温度，黑体发出的光所含的光谱成分，就称为这一温度下的色温。

不同光源的色温值是不一样的，以太阳光为例，日出或日落的太阳光色温较低，在2000—3000K，早晨或下午的阳光色温在 4000—5000K，而中午前后的阳光色温则为5500K 左右。在常用的摄影灯光中，电子闪光灯的色温大约是 5500K，而摄影钨丝灯的色温一般为 3200K 左右。不同光线条件下色温值的变化如图 4-38 所示。

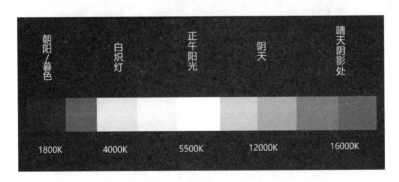

图 4-38 不同光线条件下色温值的变化

光色无论在表达上还是在技术上都是重要的，光色决定了光的冷暖感，而视频画面中冷暖色调的表达能引起观众感情上的联想和共鸣。

（二）白平衡

白平衡是描述显示器中红、绿、蓝三基色混合生成后白色精确度的一项指标，是以18% 中级灰的"白色"为标准，让摄像机在不同光线环境中拍出来的视频色彩尽可能还原标准"白色"。再简单点来描述，即白平衡的调节就是矫正视频画面偏色的过程。

白平衡是视频拍摄领域一个非常重要的概念，通过它可以解决色彩还原和色调处理的一系列问题。它是随着电子影像再现色彩真实而产生的，在专业摄像领域白平衡应用得比较早，目前随着技术的发展白平衡调整变得越来越简单容易。

摄像师调整白平衡的方法大体分粗调、精细调整和自动跟踪（ATW）三种：粗调指在预置情况下改变色温滤光片，使色温接近到 3200K 的出厂设置；精细调整是指在色温滤光片的配合下通过摄像机白平衡调整功能，针对特定环境色温得到一个更为精确的调整结果；自动跟踪是指依靠摄像机的自动跟踪功能（ATW），摄像机自身根据画面的色温变化随时调整。

（三）白平衡和色温的关系

从对上述两个名词的解释来看，白平衡和色温实际上是两个不同的概念。但由于白平衡的调整过程其实就是通过调色温来实现的，所以，色温对于摄像机来说就是白平衡的问题，彼此有着密切关联性。不同色温条件下呈现的影像色彩不同，比如晴朗天气下色温值处于中高位，为冷色调，如图 4-39 所示；日出和日落时分的色温值偏低，视觉上呈暖色调，如图 4-40 所示。在视频拍摄过程中色温并不单一和固定，因此需要通过白平衡调节对冷、暖色调以及复杂色温条件下的影像色彩进行准确表现。

图 4-39　晴朗时的冷色调

图 4-40　朝阳下的暖色调

二、认识光线

光是视频拍摄中非常重要的一个元素。在摄像师眼中，光有两个层次的体现：首先是否有足够的光线来录制视频；其次是光线要如何安排才能最符合正在创作的这个视频的拍摄需要。

因此，在影视创作当中，不只是要正确地测量光线，满足曝光的需要；更重要的是如何运用和控制好光线。

三、了解光位

要运用和控制光线，我们需要了解影视创作中的光位。何为光位？从字面上很容易理解这个名词，即光源相对被摄主体的位置，也可以说是光源方向与主体产生的角度。同一主体因光位不同产生不同的造型效果。在影视创作过程中经常会遇到的光位有正面光（顺光）、侧光、前侧光、逆光和侧逆光、顶光和脚光等。光位图如图 4 – 41 所示。

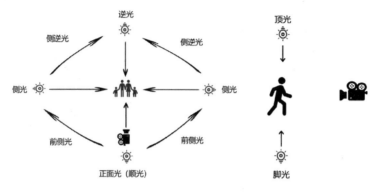

图 4 – 41　光位图

（一）正面光（顺光）

正面光为摄像师背对光源，光线由摄像师和摄像机后面射过来的光线，又称顺光。随着光源角度高低又可分水平顺光、低位顺光和高位顺光。多角度顺光光位图如图 4 – 42 所示。

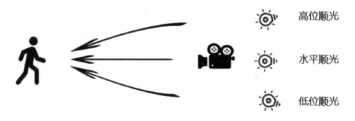

图 4 – 42　多角度顺光光位图

光线从正面方向均匀地照射在拍摄主体上，被摄体受光面积大，令人感觉明亮，拍摄时曝光控制比较容易。

但因被摄主体受光情况完全相同，表现被摄主体的立体感、质感的阴影部分不易显现，所以对主体的描写趋于平淡，会缺乏影调层次。

（二）侧光

侧光是指来自拍摄主体左侧或右侧的光线。侧光下的主体有阴阳感，可造成较强烈的造型效果，富有生气和立体感。有时也把侧光用作装饰光，突出表现画面的某一局部或细部。侧光光位图如图 4 – 43 所示。

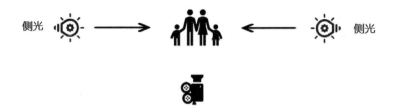

图 4 - 43　侧光光位图

（三）前侧光

前侧光，也称斜射光，光线投射的方向是从正面角度向左或向右接近侧面角度向被摄主体投射，常见的有 30 度、45 度、60 度的光线角度。前侧光光位图如图 4 - 44 所示。

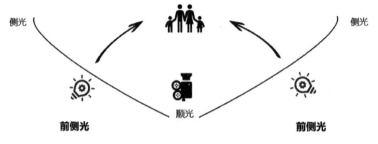

图 4 - 44　前侧光光位图

前侧光比较符合人们日常生活中的视觉习惯。被照明的景物，投影落到斜侧面，有明显的明暗差别，使景物有丰富的影调，尤其能将被摄主体表面结构的质地精细地表达出来，可以比较好地表现景物的质感、层次感和立体感。

（四）逆光和侧逆光

逆光是指来自拍摄主体的正后方、摄像机正前方，能使被摄体产生生动的轮廓线条的光线，逆光下的影像既简单又有表现力。

侧逆光是来自摄像机的右前方或左前方，光线从侧光和逆光之间投射至被摄主体。比较常见的是 120 度到 150 度的夹角光线。侧逆光中的主体层次影响丰富，如图 4 - 45 所示。

图 4 - 45　侧逆光中的主体层次影调丰富

逆光和侧逆光最能表现景物的质感、层次影调和深远度，同时又能勾画出清晰的轮廓线，使前景、背景层次分明，又善于表达空间和气氛。逆光和侧逆光光位图如图 4 - 46 所示。

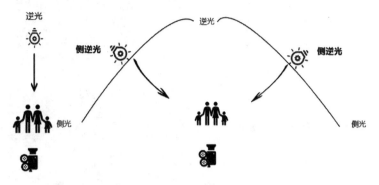

图 4 - 46　逆光和侧逆光光位图

（五）顶光和脚光

顶光是指来自拍摄主体顶部的光线，与摄像机成 90 度左右的垂直角度。顶光在自然光条件下非常常见，如正午时分的阳光，在此条件下拍摄景物曝光充分，如图 4 - 47 所示。但是顶光条件下拍摄人物的话会使人的脸部产生阴影，尤其拍摄中景以上人物的时候，因此不建议在顶光条件下拍摄主体人物。

图 4 - 47　正午时分的顶光使场景明亮、色彩鲜明

脚光，也称为底光，是指从被摄主体下方朝被摄体照射的光线。严格来讲，脚光光源位于被摄主体正下方光位，如图 4 - 48 所示的建筑群灯设计中常会运用到脚光。脚光的视觉效果常常给人一种神秘、阴森、诡异的感受，惊悚、恐怖类型的影视作品和影视段落里常常用脚光营造气氛。在日常生活中，常见于静物台，用于表现静物底部的轮廓线条。在短视频创作中，它不是一种经常使用的光线。对人物拍摄来说，脚光是一种容易丑化人物的光线。

图 4 - 48　脚光常见于建筑灯光景观

四、运用光型

光型用于区别拍摄时产生不同作用的各种光线，最核心的光型是主光。常见光型如图
4 - 49 所示。

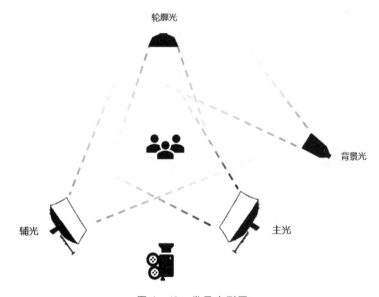

图 4 - 49　常见光型图

（一）主光

主光又称"塑型光"，是用以显示景物、表现质感、塑造形象的主要照明光。主光模
仿了场景中的主要照明来源，像是户外的太阳、室内的灯具等。基本上会被放置在由摄像
机到被摄主体间轴线的 30°—45°角的位置，同时也会被拉高到 30°—45°角的高度。

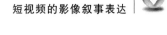

主光通常会使用可聚光的灯具，以便在散光和聚光间做出调整。主光会产生阴影，也能带出主体的形态，因而也是最主要的光线来源，并可以决定拍摄所使用的基本光圈档数。

（二）辅助光

辅助光有时又称"补光"，用以提高由主光产生的阴影部分的亮度，揭示阴影部位的细节，减小影像反差。辅助光一般会被放在主光的另外一侧，比较接近45°角的位置，通常和摄像机高度相同。

辅助光或多或少可以减少主光带来的阴影，也因为这个原因，它的亮度绝对不会超过主光，而多使用比较柔和、比较扩散的光线来源，例如高频荧光灯或散光型的钨丝灯。

（三）轮廓光

轮廓光指勾划被摄体轮廓的光线，通常都用逆光、侧逆光作轮廓光。

轮廓光常被放置在主体背后有足够角度的高度，以避免光线直接照射到摄像机镜头。轮廓光有助于为主体塑造出轮廓，特别是头部和肩膀的区域，并且可以和背景区隔开来。

主光和轮廓光示意图如图4-50所示。

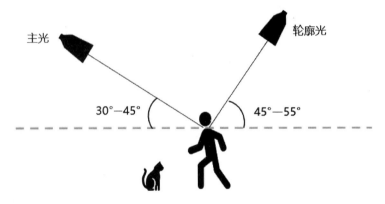

图4-50　主光和轮廓光示意图

主光、辅助光和轮廓光三者，是影视创作中最常用的三种光型，称为三点式布光（three-point lighting）手法，为影视创作领域非常传统的打光法，是在平面、二维空间的影视画面框架中，以均衡、有造型的影像来塑造三维空间感的手法。

除了这三种主要光型外，还有附加光源也会在视频创作中出现，比如背景光、修饰光。

（四）背景光

背景光是照亮背景的光线，用它可以调整拍摄主体周围的环境和背景影调，加强画面气氛。同时，主体在背景上的投影会被冲淡或消失，能将主体与背景区分开来。

背景光的作用在于，突出主体；营造环境气氛和光线效果，对主体的表现起烘托作用；丰富画面的影调对比；利用背景光线的微妙变化，体现创作者思想感情的细微变化。

（五）修饰光

修饰光又称"装饰光"，指对被摄景物的局部添加的强化塑型光线，如头发的反光、眼睛中瞳孔的反光、工艺品或首饰发出的耀斑光等。它可以加强或放大三点式打光的基本模式。

比如眼神光，一般是比较小、可聚焦的光源，放置在摄像机旁边位于眼睛的高度，可增加拍摄对象眼睛闪亮的效果。

第四节

长、短镜头和主、客观镜头

在影视创作实践中，除了镜头的常用分类固定镜头和运动镜头之外，还会出现一些专用的镜头称谓，比如长镜头、主观镜头和客观镜头。它们在影视叙事中承担着各自的任务，了解和掌握这些镜头的理论与表达特点，将有助于我们更好地进行短视频创作。

一、长、短镜头

长镜头是影视作品中经常会被强调的一种镜头样式，而短镜头这一称谓并不太常用。但为了区别于特有的长镜头，我们也对短镜头做一些介绍。

（一）短镜头

短镜头是指时长比较短的一种镜头，它可以是拍摄时控制时长，也可以在剪辑时留得比较短，从几帧到几秒长度不等。一般来说，高剪接率的段落和片子中，短镜头会比较多。

所谓剪接率，指在一定的时间内镜头转换的次数。如果一个段落里，每一个镜头都比较短，镜头切换次数多，蒙太奇节奏快，称之为"高剪接率"；如果一个段落里，每一个镜头都比较长，镜头切换次数少，蒙太奇节奏慢，称之为"低剪接率"；如果镜头逐步地由短变长，节奏由快减慢，称之为"剪接率减速"；反之，就是"剪接率加速"。

剪接率是形成影视作品感染力的重要因素之一。剪接率越高，单位时间里用的镜头数量越多，单个镜头的长度就越短，节奏也就相应地快了。

（二）长镜头

这里的"长镜头"，指的不是实体镜头外观的长短或是焦距，也不是摄影镜头距离拍摄主体的远近，而是指拍摄时开机点与关机点之间的时间距，也就是单个镜头的长度。长镜头的长度并没有明确的、统一的规定，一般来说，长度在 10 秒到几分钟之间的长镜头比较常见。

长镜头被作为一种被追求的美学风格始于法国电影理论家安德烈·巴赞。20 世纪 40 年代，在电影蒙太奇表现手法日趋成熟的时期，巴赞对蒙太奇提出尖锐的批评，认为："叙事的真实性是与感性的真实性针锋相对的，而感性的真实性是首先来自空间的真实。"并据此提出"长镜头"理论。

长镜头的形态部分最常见的是固定长镜头和综合性运动长镜头。固定长镜头是以固定镜头样式拍摄的长镜头，即摄像机保持固定不变，连续长时间记录一个场面或是人物活动的镜头。固定长镜头给观众带来的感觉是注目详观，创作者将镜头完全固定地去展现场景或人物时，观众可以心无旁骛地忠实观察和欣赏或宁静或激荡的情绪或情节，并流露自然的情感。

综合性运动长镜头是综合性运动各种镜头样式，在长时间内对场景、场面、活动、表演进行连续拍摄，形成一个完整的镜头段落。运动长镜头会涉及复杂的场面调度，在拍摄技巧上相对固定长镜头要更为困难，对摄制团队的要求也更高。

长镜头在表现过程中，不破坏事件发生、发展中空间与时间的连贯性，具有很强的时空真实感，因此偏纪实风格的影视作品中会用得比较多。世界上公认的最早的长镜头，是美国导演罗伯特·弗拉哈迪（Robert Flaherty）的纪录片《北方的纳努克》中因纽特猎人纳努克捕海豹的镜头，如图4-51所示。

图4-51　罗伯特·弗拉哈迪执导的纪录片《北方的纳努克》中，
主人公因纽特人纳努克在冰面捕猎海豹时，运用了固定长镜头

二、主、客观镜头

主观镜头和客观镜头是从镜头视点的角度来描述和定义的。所谓镜头视点，指的是镜头所模拟的不同观察者的视点，这里的观察者包括导演或摄影师、观众以及剧中的角色。

（一）客观镜头

客观镜头又称中立镜头，从观众的视角出发来叙事的镜头叫客观镜头，它是从旁观者的角度纯粹客观地描述人物活动和情节发展的镜头。

客观镜头是最常见的镜头视点。一般这种镜头视点不带有明显的导演主观色彩，也不采用剧中角色的视点，而是采用普通人观看事物的视点，所以才被称为"客观镜头"。它将事物尽量客观地展现给观众，更类似于一种平行角度，其叙事功能在于交代、陈述和客观记叙。客观镜头的示例如图4-52所示。

图 4–52　根据 2018 年四川航空公司遇险备降、机组全体人员被授予"中国民航英雄机组"的真实事件改编的电影《中国机长》中，飞机安全降落，乘客渴望面谢机长的一组镜头，为客观镜头

（二）主观镜头

主观镜头是与客观镜头相对，模拟剧中某一个角色的视点，是表示片中角色观点的镜头。它因代表了剧中人物对人或物的主观印象，带有明显的主观色彩，可以使观众产生身临其境、感同身受的效果，进而使观众和人物进行情绪交流，获得共同的感受。主观镜头的示例如图 4–53 所示。

图 4–53　意大利导演吉赛贝·托纳多雷作品《海上钢琴师》中，主角小男孩被钢琴声吸引，贴着彩色玻璃寻找琴声的一组镜头，为主观镜头

主观镜头在叙事中又主要分为以下几种情形：

（1）将摄影机镜头直接代替剧中角色的眼睛，来拍摄角色所看到的场面和情景。这可以使观众产生与角色相似的身临其境的主观感受，将观众有效地引入影片情境。

（2）让摄影机镜头代表剧中角色直接参与表演，描摹角色特定情境下的体态与动作，比如酩酊大醉、摇摇晃晃等，直接参与剧情的发展。

主观镜头的使用不仅限于前面两种情况，而且不同情况可以相互置换，但作用是一致的，当观众接受主观镜头时，无形中感同身受于剧情变化或是深切体会特定的情绪情感，可以带来身临其境的艺术体验。

练习题

1. 何为静态构图，何为动态构图，两者如何区分？
2. 突出主体的常见方式有哪些？尝试对每一种方式进行镜头拍摄练习。

3. 谈一谈你对动态构图三种情形的理解。

4. 动态构图的技巧有哪些？尝试运用这些技巧进行镜头拍摄练习。

5. 运动轴线、方向轴线和关系轴线分别是指什么？

6. 什么样的镜头可以用以解决剪辑中的越轴问题？

7. 谈一谈色温与白平衡的关系。

8. 视频拍摄中常见的光位和光型有哪些？

后期制作篇

第五章

短视频剪辑的理论基础

视频最初的形式是电影，随后出现电视以及网络视频。短视频的剪辑沿用了影视剪辑的理论与技巧，尤其是随着短视频发展的不断成熟，需要创作者具备更扎实的理论和实践功底，其中较为核心的便是蒙太奇相关理论与技巧。

第一节

蒙太奇的形成和发展

我们常常听到有人说，"电影即蒙太奇的艺术"。"蒙太奇"是电影电视艺术的基本特性，研究、掌握、应用蒙太奇技巧，是成为导演、摄像、编辑的必修课程和基本功。

一、蒙太奇一词的由来

蒙太奇是法语 Montage 的音译词汇，原为建筑学术语，有"安装、组合、构成"的意思，即将各种不同的建筑材料，根据总的设计图纸，加以处理、组合、安装，构成一个全新的建筑物，产生出全新的功能和效用。电影艺术家借用蒙太奇一词，来表达、说明镜头（画面）、声音组接的意义是十分恰当的。我们在制作电影的过程中，将剧本所要表现的主题、情节拍摄成一个个镜头（画面），再根据创作构思，将这些不同的镜头组接（剪辑）在一起，产生连贯、对比、衬托、悬念等的视觉效果，从而组成了一部完整的，为广大观众接受的电影。当然除此之外，蒙太奇不仅仅是视觉的、直观的，也是感性的、艺术的内在思维方式和规律。

二、蒙太奇的发展

早期的电影是不需要考虑蒙太奇问题的，因为人们总是把一个摄像机放在一个固定的机位上，采用全景的模式，记录下全部的动作，就好像观众坐在台下观看舞台的视觉效果。过去的很多电影都是固定视点单镜头构成的，如最早发明电影和电影放映机的卢米埃尔兄弟（如图 5 - 1 所示），他们推出了第一批电影《火车进站》《水浇园丁》等。

图 5 - 1　卢米埃尔兄弟

　　可后来人们发现胶片是可以剪开并黏合的，于是尝试把不同的摄像机放在不同的位置，从不同的角度，拍摄不同的景别，通过不同的连接、组合方式，产生不同的效果。

　　1900 年，英国的布莱顿学派首创了简单的画面剪辑。这个学派的领导人乔治·斯密士在其拍摄的影片《祖母的放大镜》中第一次使用特写，并让它与远景镜头在同一场面中交错出现，如图 5 - 2 所示；该学派另一位领导人詹姆斯·威廉逊在影片《中国教会被袭记》中，让追逐和救援的场面交替出现，这些改变为电影艺术带来了开创性的重要贡献。

图 5 - 2　《祖母的放大镜》

图 5 - 3　《一个国家的诞生》

　　1915 年，美国导演格里菲斯拍摄的影片《一个国家的诞生》（如图 5 - 3 所示），被称作电影发展史上里程碑的标志，格里菲斯将电影的构成单位由过去的场景式变为镜头式，运用不同的景别交代环境，展示人物细节，构成视听语言，奠定了电影艺术的发展基础，可以说格里菲斯之后，电影开始有了剪辑。

1923 年，蒙太奇一词最早出现在苏联电影导演、教授谢尔盖·爱森斯坦发表的文章《吸引力蒙太奇》中，后在其电影创作事件中开创了电影蒙太奇理论与苏联蒙太奇学派。事实上，20 世纪 20 年代中期的苏联，以爱森斯坦、库里肖夫、普多夫金为代表，通过拍摄《战舰波将金号》《母亲》等经典影片，大大丰富了蒙太奇的表现手段，力求探索新的电影表现手段来表达新时代的革命电影艺术，他们的探索主要建立在对蒙太奇的实验与研究上，创立了电影蒙太奇的系统理论，并应用于艺术实践。

20 世纪 30 年代初，中国电影人从英文电影理论中认识到蒙太奇理论。

三、蒙太奇的基本定义

关于蒙太奇的定义，历史上表述有很多，我们选取其中部分知名导演、学者的有关论述，用于学习、比较。

苏联电影导演、教授库里肖夫（代表作品：《西伯利亚人》《跳入火山口》；主要著作：《电影导演基础》）认为"把运动的各个镜头在一定的顺序下连接成一个完整的艺术作品，这就叫蒙太奇。"

苏联电影导演、教授普多夫金（如图 5-4 所示，代表作品：《母亲》；主要著作：《论电影的编剧、导演和演员》）认为"把各个分别拍好的镜头很好地连接起来，使观众终于感觉到这是完整的、不间断的、连续的运动——这种技巧我们惯于称之为蒙太奇。"

图 5-4　普多夫金

图 5-5　爱森斯坦

苏联电影导演、教授爱森斯坦（如图 5-5 所示，代表作品：《战舰波将金号》；主要著作：《电影艺术四讲》）认为"这就是条理贯通地阐述主题、情节、动作、行为，阐述整场戏、整部影片的内部运动——更何况我们的影片所面临的任务，不仅仅是合乎逻辑的条理贯通的叙述，而正是最大限度激动人心的、充满感情的叙述。蒙太奇——就正是解决这次任务的强有力的助手。"

中国电影编剧、领导者夏衍（如图 5-6 所示，代表作品：《祝福》；主要著作：《写电影剧本的几个问题》）认为"所谓蒙太奇，就是依照着情节的发展和观众注意力和关心的程序，把一个个镜头合乎逻辑地、有节奏地链接起来，使观众得到一个明确、生动的印象或感觉，从而使他们正确地了解一件事情的发展的一种技巧。""蒙太奇实际就等于文章中的句法和章法……"。

图 5 - 6　夏衍

图 5 - 7　张骏祥

中国电影导演、理论家张骏祥（如图 5 - 7 所示，代表作品：《乘龙快婿》；主要著作《关于电影的特殊表现手段》）认为"蒙太奇最初的意义只是指镜头的剪辑而言。逐渐地，已经包括到起码有这几方面：①画面（镜头）的组织关系；②音响、音乐的组织关系；③画面与音响、音乐的组织关系；④由这些组织关系而发生的意义和作用。"

四、感受蒙太奇艺术

在蒙太奇的发展过程中，有关于蒙太奇的部分著名实验和经典段落广为流传，我们通过了解这些实验，来真实地感受蒙太奇艺术的神奇。

（一）库里肖夫效应

"库里肖夫效应"最早是指苏联导演库里肖夫发现的一种电影现象，现在也是一种心理效应。库里肖夫选择了演员莫兹尤辛的一个静止没有表情的面部特写镜头，再从其他电影中选择了 3 个不同的镜头，分别进行以下组合（如表 5 - 1 所示）：

表 5 - 1　　　　　　　　　　　　　　库里肖夫效应实验

组别	镜头一	镜头二
第一组	演员莫兹尤辛的面部特写镜头	桌子上摆着一盘汤
第二组	演员莫兹尤辛的面部特写镜头	一口棺材里躺着一具女尸
第三组	演员莫兹尤辛的面部特写镜头	一个小女孩在玩耍玩具狗熊

实际上这三组镜头中的第一个镜头是完全一样，且演员莫兹尤辛的面部几乎都是没有任何表情的，但当我们把这三组镜头播放给不知详情的观众看时，得到的效果却是各不相同的。莫兹尤辛看着桌上那盘没喝的汤时，观众们感觉到他面部表情是"饥饿"；莫兹尤

辛看着女尸时，观众们感觉他的面部表情是"悲伤"；莫兹尤辛在观察女孩玩耍时，观众们感觉他的面部表情是"愉快"的。通过这次实验说明造成电影观众情绪的不同反应的原因，并非单个镜头的内容，而是不同镜头通过不同排列所产生的效应，如图5-8所示。

图5-8　著名的"库里肖夫效应"

（二）普多夫金实验

普多夫金是苏联著名导演、演员、理论家，是蒙太奇理论的创始人之一。他认为，每一个镜头都是死的素材，只有组接起来才能获得生命。他主张，蒙太奇只是镜头的组合。他将三个镜头以两种颠倒的次序进行排列组合，其中第二个镜头位置不变，产生了完全不同且对立的视觉效果。

普多夫金实验第一组分组镜头如表5-2所示，第一种排列方式如图5-9所示。

表5-2　　　　　　　　　　　　　普多夫金实验第一组分组镜头

第一组	
镜头一	一个人在笑
镜头二	手枪直指着
镜头三	惊恐的脸

图5-9 普多夫金实验的第一种排列方式

普多夫金实验第二组分组镜头如表5-3所示，第二种排列方式如图5-10所示。

表5-3 普多夫金实验第二组分组镜头

第二组	
镜头一	惊恐的脸
镜头二	手枪直指着
镜头三	一个人在笑

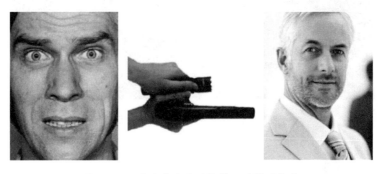

图5-10 普多夫金实验的第二种排列方式

第一组镜头给观众留下的印象被手枪直指的人十分胆怯，第二组镜头给观众留下的印象却是被指者十分勇敢。由此实验，我们发现普多夫金将原本不同的三个镜头按照不同的排列方式组合，产生了超出单个镜头的原本视觉效果，并可以重新赋予新的表现意义，这就是镜头的组接。镜头组接不是简单地将零散的镜头拼接在一起，而是一种目的明确的再创作。

（三）爱森斯坦的"敖德萨阶梯"

谢尔盖·爱森斯坦（Sergei M. Eisenstein，1898年1月23日—1948年2月11日），出生于俄罗斯里加，是俄罗斯导演、编剧、制作人、演员、作家、剪辑师。1925年，爱森斯坦执导了影片《战舰波将金号》，向俄国1905年革命20周年献礼。影片讲述了敖德萨海军波将金号战舰起义的历史故事，如图5-11所示。

图 5 – 11　《战舰波将金号》

　　"敖德萨阶梯"位于乌克兰敖德萨州首府敖德萨。敖德萨这座城市是黑海沿岸最大的港口城市和工业、科学、文化以及旅游中心。"敖德萨阶梯"始建于 19 世纪三四十年代，因纪念 1905 年"波将金"号军舰起义而被称为"波将金阶梯"，如图 5 – 12 所示。

图 5 – 12　敖德萨阶梯

　　影片中"敖德萨阶梯大屠杀"是爱森斯坦导演的影片《战舰波将金号》中著名的片段，短短 6 分钟的时间，足足用了 150 多个镜头。爱森斯坦将出现在敖德萨广场阶梯上的队列、脚步、开火、刀劈等镜头与民众的尸体、逃跑、惊恐的面部、滑落的婴儿车等镜头交叉剪辑在一起，镜头反复在屠杀者和被屠杀者之间切换，通过不同方位、角度、景别，配合声音、剪辑节奏，构成了一场惨烈血腥、残酷屠杀的场面，尖锐、深刻、形象地揭露了沙皇对广大民众的欺压、残忍、暴虐的行为。敖德萨阶梯大屠杀的分镜头如表 5 – 4 所示。这个段落成为电影史上最经典的蒙太奇片段之一，"敖德萨阶梯"也因这部影片而成为世界上最著名的阶梯，如图 5 – 13 所示。

表 5 – 4		敖德萨阶梯大屠杀的分镜头
"敖德萨阶梯大屠杀"场景		
镜头号	景别	内容
镜头一	全景	敖德萨广场的阶梯，乱跑的人群，广场上的警察
镜头二	中景	一列军队从一对死去的母子身旁走过
镜头三	全景	阶梯的拐弯处，是四处奔散的人群
镜头四	中景	阶梯上乱跑的人群
镜头五	中景	一个老人的尸体躺在栅栏旁，人们纷纷滚出来
镜头六	中景	柱子旁惊慌的群众，被杀死的人们
镜头七	特写	拿起枪齐射
镜头八	中景	倒在柱子旁边的人们
镜头九	中景	军队的行列
镜头十	中景	一个妇女推着婴儿车

……

图 5 – 13 《战舰波将金号》中著名的敖德萨阶梯大屠杀片段

蒙太奇的表现形式

蒙太奇的表现形式实际上就是镜头的组接方式，是影视艺术表现的一种手法。通过对蒙太奇表现形式的运用，形成蒙太奇句子或段落，构成一部以蒙太奇语言表述的影视作品。正确、合理、巧妙地运用蒙太奇的表现形式，对于影视作品的创作具有重要的意义。

法国电影理论家马尔廷提出，不论什么蒙太奇形式，归根到底只有两种形式，叙述的蒙太奇和表现的蒙太奇。叙述蒙太奇是指镜头按照发生的时间、地点、因果等关系来排列组合，以交代情节、表现事情的发展过程。它强调事情发展的连续性，着重于情节发展、人物语言、表情以及造型上的连贯。它是一种最基本、常用的叙述方式，英、美等国影视工作者常常习惯运用这种传统的连续的蒙太奇表现形式。表现蒙太奇，往往通过镜头中内容、人物、造型等的对列，造成视觉冲击，产生特殊的寓意或联想，增强艺术表现力和情绪感染力，达到激发观众的想象和思考的目的。

叙述蒙太奇和表现蒙太奇，是针对镜头组接的方式而言的，除此之外，还有音乐蒙太奇、理性蒙太奇、诗意蒙太奇等。在这里，我们仅仅列举部分叙述蒙太奇和表现蒙太奇，借以了解大概。

一、叙述蒙太奇

（一）平行式蒙太奇

平行式蒙太奇是把不同时间、不同空间，或者同一时间、不同空间，两条以上的情节线并行表现、分别叙述，揭示同一个主题。我们在现今的大部分商业电影里，故事的开端，影片往往会交代不同时期、不同地点、几个不同人物的背景、环境，这个阶段便是运用了典型的平行蒙太奇叙事。

例1：纪录片《沙与海》围绕两个家庭讲故事，记录了两个家庭的生活，一家生活在沙漠，一家生活在海岛，如图5-14所示。沙漠里的男主人叫刘泽远，名字取得很好，因离水很远，沙漠缺水而渴望"泽"；海岛那个家庭的男主人叫刘丕成。两户人家没有什么关系，但却在纪录片的主题中实现统一：无论生活在沙漠还是海岛，无论贫穷还是富有，两户人家都得靠天吃饭，都得很努力才能过上想要的生活。

图5-14　纪录片《沙与海》截图

例2：adidas 2011 all in 广告中，几款不同的运动形式多线平行剪辑，射门、灌篮到共同的欢呼，几个场景多线平行叙事，无交叉但却共同点明了同一个主题：无论在怎样的赛场，都始终怀着一个信仰，倾听内心，忘我投入，热爱你所从事的，倾尽全力。该广告的不同场景如图5-15所示。

图 5 – 15　广告《adidas 2011 all in 》截图

（二）交叉式蒙太奇

交叉式蒙太奇是把同一时间，在不同空间发生的两种动作交叉剪辑，构成紧张的气氛和强烈的节奏感，造成特殊的戏剧效果。交叉式蒙太奇与平行式蒙太奇有相似之处，区别在于交叉式中不同戏剧因素的关联性更强，两条或两条以上的线索互相交织，最终汇合在一起，从而达到高潮。

影片中常见到这样的故事情节，一位蒙冤的大侠被捉正在刑场，即将面临的是执行死刑；另一队人正在骑马赶去营救，同一时间，不同空间，镜头交义组接，构成了紧张的气氛和强烈的节奏感，造成了惊险的戏剧效果。这种剪辑方式，就是交叉式的蒙太奇。

例 1：格里菲斯导演的影片《一个国家的诞生》中的"最后一分钟营救"片段，如图 5 – 16 所示，"最后一分钟营救"的三条线索如表 5 – 5 所示。

表 5 – 5　　　　　　　　"最后一分钟营救"的三条线索

格里菲斯《一个国家的诞生》最后一分钟营救	
事件 A	3K 党与黑人士兵战斗
事件 B	一个女人被黑人绑架
事件 C	一个男人被黑人绑架
交叉点：男人和女人被 3K 党拯救	

图 5 – 16　影片《一个国家的诞生》截图

例2：《午夜狂奔》是《闻香识女人》导演马丁·布莱斯特拍摄于1988年的一部作品，影片开头的追逐戏运用了交叉蒙太奇。此片段除交叉蒙太奇外，作为影片开头，它对剧情背景交代与发展简洁有力，短短三分钟内清楚地交代了主人公杰克的职业、"午夜狂奔"的主题、杰克与马文和艾迪的关系、杰克骗马文回头的方法等。《午夜狂奔》的海报如图5-17所示。

图5-17 影片《午夜狂奔》海报

（三）积累式蒙太奇

利用表现主体不同但从内容到性质上都相同的画面，按照动作和造型特征组接起来，构成一种或雄壮或紧张的场面，营造出特有的气氛和节奏。比如在不少战争影视片中，将待发的飞机、坦克、大炮等武器的镜头，反复交替剪辑，造成即将大规模战斗的气势，这就是积累式蒙太奇。积累式蒙太奇在使用过程中，形象的积累和集中不等于画面的拼凑和堆砌，而是要有一根主线，把它们组织成一个有机的形象整体。例如《国际导演拍北京·飞扬的五环》，片子前半部分，五环的五个颜色分别在五个地方，以平行蒙太奇方式推进；后半部分，气球放飞后，通过积累式蒙太奇，描写人们纷纷抬头看天被吸引的状态，最后情绪积累达到高潮，空中出现气球拼成的五环，如图5-18所示。

图5-18 影片《国际导演拍北京·飞扬的五环》截图

（四）评叙式蒙太奇

评叙式蒙太奇顾名思义，就是在整部影视作品中，反复出现旁白，既有叙述、又有评论，反复地与故事主角的出现交织在一起。例如德国影片《献给检察官的玫瑰花》，我国电视连续剧《唐明皇》《三国演义》（如图 5 - 19 所示）等，都是运用了这类手法。使用评叙式蒙太奇必须根据影片的内容和风格而定，运用得当将大大提高影视作品的艺术品位，并确立影视作品的独特风格。

图 5 - 19　电视剧《三国演义》截图

（五）错觉式蒙太奇

先故意通过画面让观众猜到情节的必然发展，再突然来一个大转折，最后的结果与人们所预料的正好相反（反转）。这种蒙太奇方式一般具有极强的戏剧效果。例如，卓别林 1917 年拍摄的影片《移民》中有这样一个场景：一艘摇摆得很厉害的船，所有的旅客都晕船了，他们用手捂住嘴，蹒跚地走向船边。接着，观众看见一个人背着大家，头朝下吊在船栏上，双脚乱踢。于是，观众以为他也正在呕吐。忽然，他站直了身子，转过身来，原来他用手杖钓起一条大鱼。这就是错觉式蒙太奇，运用这种蒙太奇手法，可以使剧情发展曲折多变，跌宕起伏。

（六）复现式蒙太奇

从内容到形式完全一致的镜头反复出现，并且总是在情节发展的关键时刻出现，以加强片子的主题思想或表现不同历史时期的转折，加深人们对片子主题和主人公的印象和认识。例如，电影《乱世佳人》描写的时间跨度很长，从战争开始直到战争结束，影片中反复出现塔拉庄园的镜头，塔拉庄园虽然没有直接受到战争的洗礼，但它见证了历史的变迁，见证了女主人公的悲欢离合。塔拉庄园就像一条线，将情节高潮与低潮连接起来，充分展示了历史的风貌。《乱世佳人》的海报如图 5 - 20 所示。

图 5 - 20　影片《乱世佳人》海报

二、表现蒙太奇

（一）对照式蒙太奇

对照式蒙太奇把性质、内容或形式上截然相反的镜头并列组接在一起，形成强烈对比，表达作者的特殊寓意、情绪。例如，富与穷，强与弱、进步与落后、伟大与渺小等。通过对立的元素，使两者的差别更加明显，造成视觉上的冲击力。

例如，我国优秀电影《一江春水向东流》中，有许多这样的对比式蒙太奇镜头。该片主要讲述了一个家庭在中国抗日战争巨变之时发生的悲欢离合的故事。男主角张忠良是个负心汉，妻子素芬在张忠良去重庆后独自照顾家庭，过着很艰难的生活。负心汉在重庆的奢靡生活和素芬的艰苦常常以对照式蒙太奇的方式表现。电影《一江春水向东流》的对比式蒙太奇片段如表 5-6 所示，片段截图如图 5-21 所示。

表 5-6　　　　　　　　　电影《一江春水向东流》的对比式蒙太奇片段

	电影《一江春水向东流》片段描写
段落一	素芬和儿子对话：爸爸回来就好了，爸爸总会回来的
段落二	此时，爸爸正在重庆过得如鱼得水
段落三	素芬为儿子和婆婆要饭
段落四	街上一首歌，"月儿弯弯照九洲，几家欢乐几家愁"，把叙事带向高潮，这个时候的华夏大地，正在经历"朱门酒肉臭，路有冻死骨"

图 5-21　影片《一江春水向东流》截图

（二）隐喻式蒙太奇

镜头组接时，通过某种形象或动作比喻一个抽象的概念，或借助其他形象固有的特征来解释另一现象，从而含蓄形象地表达某种特殊的寓意。例如电影《守望者》中，小丑被人摔下高楼，但导演并没有给观众展示血流成河的镜头，而是通过沾血的小丑胸章来展现这一事实，笑脸代表了小丑生前欢乐的面孔，沾血则表现出当下的凄凉，如图 5-22 所示。

图 5-22　影片《守望者》截图

（三）联想式蒙太奇

将内容截然不同的一些镜头连续地组接起来，造成某种意义，让观众自己去推测这个意义的本质，这种剪辑方法即联想式蒙太奇。例如，电影《阿甘》片首中羽毛和阿甘的镜头组接在一起，让人们联想到漫长的人生。

叙述的蒙太奇和表现的蒙太奇两者之间各有特点，并不是相互隔离、对立的。叙述的蒙太奇较适合展现故事情节，交代故事前因后果，逻辑清晰；表现的蒙太奇则较适合表达特殊的情绪、思想和寓意，具有强烈、新颖的艺术表现力。在同一部影片中，两种蒙太奇的表现手法往往应该根据故事发展的需要应用于不同的段落、不同的场合，相辅相成，相得益彰。

练习题

1. 从蒙太奇一词的来源、发展过程、常见定义三个层次简述蒙太奇。

2. 常见的蒙太奇表现手法有哪些？选择其中的 1—3 种表现形式，结合自己看过的电影加以叙述。

第六章

短视频剪辑的实践技巧

　　短视频的剪辑需要考虑镜头的衔接、场景的转换、段落的构成、叙事的推进等，是一项系统性的工程。流畅的镜头组接最直观的感觉便是自然，导演/编导、剪辑师会尽力让受众看不出剪辑的痕迹。但是，并非所有剪辑都以所谓的"流畅"为目的，为了营造不同的视觉效果、展示特殊的叙事节奏或是推进故事情节等，有时会以"跳切"等方式打破墨守成规的剪辑技巧和规律。但无论最终以怎样的剪辑技巧完成视频或是树立导演自己的剪辑风格，其基本的镜头剪辑原则和技法是短视频创作者要首先了解和掌握的。

　　开始本章内容之前，先了解剪辑、组接和剪接三个词。剪辑指将影视制作中所拍摄的大量素材，经过选择、取舍、分解与组接，最终完成一个连贯流畅、含义明确、主题鲜明并有艺术感染力的作品。剪辑是影视专业上用得最多，相对来说也是最为专业的一个称谓。组接这个词偏向于指将影视中单独的画面/镜头有逻辑、有构思、有创意、有意识和有规律地连贯表达，形成镜头组接。剪接这个词意同剪辑。在影视专业的文章、教材和专著中，三者出现时一般含义相当，可根据语句表达需要选择使用。

第一节

镜头剪辑的匹配原则

　　镜头的基本剪辑要求是使观众在看的时候感到画面剪辑自然、流畅，看上去舒服。这种自然和流畅一定程度上是由画面组接当中的匹配原则来实现的。

　　尽管有时候画面的剪辑是很个人化的东西，比如像有些电影当中的影像剪辑很个性化。但是不管怎样，画面组接当中常规的剪辑原则仍然是基础，需要初学者先了解常识后，有才华的同学再进行自己的创新和创意。

　　镜头剪辑中使视觉流畅的第一个剪辑原则为匹配原则，主要包括景别的匹配、方向的匹配和造型的匹配。

一、景别的匹配

　　景别是画面中表现出的视域范围，五级景别是最为常见的分类，影视创作中则常使用更为细化的由大远景、远景、大全景、全景、中景、中近景、特写和大特写构成的九级景别。景别的匹配是使视觉连贯的重要保障，而景别匹配最重要的表现就是景别变化的渐进性，以九级景别为例，从大远景到大特写的过渡，就是一种渐进性。

景别包含两个因素，一个是拍摄主体，一个是拍摄主体所处的环境。景别的变化实际上就是这两者在空间比例上的变化。当人们在现实空间观察事物时，随着注意力的变化，视角也会发生变化。这种变化发生在一个连续的空间里，如果是从远到近持续接近就如同运动镜头中的推镜头；如果是从近往远持续后退，就如同运动镜头中的拉镜头。此时景别虽然在改变，但是这种改变是连贯的，因而不会产生视觉上的中断甚至跳跃。而通过几个镜头的剪辑要复原这种连贯性，使画面中的形象不中断、观众不出戏，就需要通过景别的匹配来实现。而景别的匹配中，最核心的原则是景别的渐变。景别由远景向近景的渐变如图 6 - 1 所示。

图 6 - 1　景别由远景向近景的渐变

（一）景别渐变强调景别变化的逐渐性

也就是强调在剪辑时要按照景别从大到小或从小到大的顺序组接，不能忽大忽小，给人"跳"来"跳"去的感觉，如图 6 - 2 所示。比如像远景和特写这两种处于"两极"镜头如果直接组接在一起，会给人带来视觉上的巨大反差，一般而言创作者不会采用这么强烈反差的剪辑方式。如图 6 - 3 所示，将镜头剪辑中景别的渐进性打乱，视觉上就会有不舒服的"跳"的感觉。

图 6 - 2　由意大利导演朱塞佩·托纳多雷（Giuseppe Tornatore）执导的《国际导演拍北京·重聚》中一组景别逐渐变化的镜头

图6-3　如果将图6-2中镜头的景别渐变性打乱，就会产生视觉上的跳跃

（二）景别的渐变指逐渐变化的趋势

当然，对景别渐变的理解不可陷入本本主义，刻板地去操作。也就是说，在进行镜头的拍摄和剪辑时，一组镜头不需要包含所有五级景别的五个镜头，或是九级景别的九个镜头，而是根据叙事需要选择其中2—3个镜头进行拍摄和剪辑就可以。比如，"远景+特写"可能过于跳跃了，但是一个场景选用"远景+中景+特写"是完全可以顺畅地组接的。

（三）景别渐变既强调变化的逐渐性，也强调"变"

在同一组镜头的运用中，一般要求景别的变化要明显，从视觉上要能看出"变化"。同时，构图和内容相同或相似的镜头也不要放在一起，否则容易产生"跳"的视觉感受。

相似景别镜头组接的一个重要前提是：主体不同或者视角不同。当表现同一主体时，相邻镜头的景别一定要有变化，而且这种变化要明显。景别变化太小，会使人感觉画面"抖"了一下，而不是有意识的切换。两个不同主体、不同角度的特写镜头可以顺畅组接在一起，相似景别镜头组接的前提是主体不同或者视角不同，如图6-4所示。

图6-4　北京宣传片《国际导演拍北京·重聚》截图

二、方向的匹配

这里的方向主要是指主体运动的方向，也可指主体视线等因素产生的隐性的方向。画面组接时应当保持主体方向的一致，从而确保符合人们的思维逻辑和视觉习惯。

视频艺术相较于其他平面造型艺术而言最大的优势在于运动。它可以用固定镜头的方式记录运动的主体，也可以使用运动镜头拍摄运动主体。但凡有运动，便会有方向。视频所面对的主体的行动、行为是错综复杂的，对于影视作品来说，摄像机的运动也是变化多姿的。再加之轴线规律的存在，使方向的匹配问题成为短视频拍摄和剪辑时一个较为繁杂却也充满乐趣的所在。

　　画面的方向包括两方面的内容：一个是主体的方向，另一个是画面本身运动的方向，也就是运动摄影拍摄到的运动镜头。剪辑的任务就是要把画面按照表现的需要和事物发展的逻辑实现方向的一致性。

（一）主体运动方向的一致性

　　主体运动的方向即画面中人物、事物运动的方向，这是剪辑中最常碰到的方向。处理好这种方向对于正确还原主体运动非常重要。在剪辑这类镜头时，关键是要定好运动的主线，也就是运动轴线，为整个段落标定一个统一的方向，所有镜头的剪辑都以这条轴线为坐标，围绕这个方向进行剪辑。

（二）视线方向的一致性

　　人和动物在看东西的时候，眼睛与物体之间会形成一条隐性的"线索"，这条"线"就构成了视线，也叫视向轴线。

　　在短视频拍摄和剪辑时，创作者要把自己代入观众视角，了解观众在看视频时的心理视线走向，从而使镜头的拍摄与后期剪辑按照观众视线与片中主体的视线保持一致的角度展开创作，以调动观众参与到片子的情境中来。

（三）方向改变时的过渡

　　在运动方向或视线方向发生改变时，镜头之间如何过渡也是需要注意的。根据轴线规律中所强调的，运用于方向改变的过渡镜头类型比较多，比如借助无方向感或方向感弱的中性镜头，或者能够表现整体方位的全景镜头等作为过渡镜头使用，可以从逻辑上和视觉上理顺方向改变带来的困惑。

第二节

动作镜头的剪辑

　　动作镜头在视频中主要包含两类，第一类是固定镜头拍摄动态主体；第二类是运动镜头拍摄静态或动态主体。再进行细化，则可以分为运动镜头、人物动作和景物动作。短视频中涉及的动作的组接数量庞大，其总的剪辑要求是做到剪接点的精准以准确还原整体动作。

一、人物动作的组接

　　人物日常，比如起床、洗漱、吃早餐、出门、工作或学习、与人交流、与宠物相处、消遣或娱乐、回家、洗漱、睡觉等，大抵如此。如果将这些平平无奇的内容放进短视频，就会发现动作伴随了我们的晨起暮落，寒来暑往。

　　人物动作如此之多，短视频中不可能如流水账般进行记录，必须有所选择，而选择的指导思想是在视觉和逻辑上还原完整的动作。在短视频拍摄过程中，摄像机将完整动作中的主要节点通过不同景别、不同角度、不同方向分别拍摄出来，在剪辑的时候就要把这些镜头有效地进行组接，最终完成我们需要的画面和叙事表达。

在用剪辑还原完整动作时要去把握的主要节点，是短视频拍摄与剪辑时要重点研究的。在人们的视觉感受里，日常生活中的动作是连贯不停顿的。但是在镜头上，这些完整的动作中间都有人们视觉比较难察觉到的1、2帧的瞬间停顿，剪辑时可以利用这个点进行切换，能使动作达到视觉上的连贯流畅。比如早上出门，主人手握门把手的一瞬间，就是一个节点，通过这个点，两个镜头就可完成从室内到室外的转场：第一个镜头在室内手触碰门把手，第二个镜头在室外行走在上班路上。如图6-5所示，《我和我的祖国·夺冠》中的这组人物动作由四个镜头构成：爬梯+头部出现在梯顶+从梯子上来奔跑+入画跑向窗户，剪辑节点自然，动作完整不拖沓。

图6-5　《我和我的祖国·夺冠》中的一组人物动作剪辑节点

二、景物动作的组接

路上行进的汽车，轨道上的地铁，飞机的起飞和降落，风中树枝的摇曳，河水流动，狂风和暴雨，各种动物的运动等，都是属于景物动作。

景物动作的组接比较常见的是在运动中直接切换，要在主体动作运动着的地方下功夫，同时结合画面造型因素的匹配、主体动作的速度和镜头动作的速度确定剪辑点，注意镜头运动和镜头内主体运动要做到动感匹配、协调，节奏明快、流畅。如图6-6中的三个镜头，飞翔的鸟+地热泉爆发+鸟从地热泉上飞过。景物动作的剪辑节点不用像人物动作那样精确，只要把情节内容陈述清楚即可。

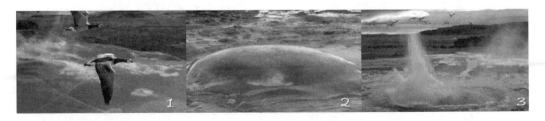

图6-6　由法国导演雅克·贝汉等执导的纪录片《迁徙的鸟》中的一组景物动作镜头

三、运动镜头的组接

运动镜头就是利用摄像机在推、拉、摇、移、跟、升降等形式的运动中拍摄的镜头，是视频创作中最具特色的拍摄方式。运动镜头的组接大致可以分为两种：一是运动镜头接运动镜头，即动接动；二是运动镜头接固定镜头，即动接静。

（一）动接动

运动镜头和运动镜头之间的组接，考虑得最多是镜头间落幅和起幅的取舍。在实践操作中，一般以下几种方式比较常见。

第一种动接动的组接方式是不保留镜头间的落幅和起幅。第一个运动镜头的落幅和第二个运动镜头的起幅都不保留，直接从第一个镜头的运动接第二个镜头的运动部分，即动中剪、动中接。这种组接手法能最大限度地发挥运动镜头的特点，形成强烈而流畅的视觉动感。比如，美国电影《阿甘正传》片首从成年阿甘转场到少年阿甘，用了一个推镜头＋拉镜头，以动接动的方式完成时空的切换，如图6－7所示。

图6－7　电影《阿甘正传》片首两个镜头使用了动接动完成从成年阿甘到少年阿甘的时空转场

再如，我国喜剧电影《夏洛特烦恼》中，夏洛在自己房间吉他弹唱《那些花儿》，配合使用的一组移动镜头都是以动接动的方式完成，如同时光飞逝中生活里那些闪光的瞬间在水里流过，看似不经意，却是饱含情感，如图6－8所示。

图6－8　电影《夏洛特烦恼》中动接动的镜头组接，似河水一般自然流淌

第二种动接动的组接方式是保留镜头间的落幅和起幅，即在镜头的相接处，适当保留上一个镜头的落幅和下一个镜头的起幅，使镜头间有短暂的停留。如果两个运动镜头的运动方式直接组接在一起会让人有视觉上的不适感，或是两个运动镜头的速度都特别快的时候，可以考虑保留镜头间的起、落幅。

（二）动接静

运动镜头与固定镜头的组接非常容易出现，两者相遇，需要取舍的无非就是运动镜头的起幅和落幅的取舍问题。

如果两个镜头中，运动镜头不是为了表现内容，而是利用其动势引出下面的固定镜头，这种情况下运动镜头的落幅要剪掉，从而保持动作的连贯。

当运动镜头与固定镜头处于平行关系，都有明确的表现内容的功能时，为了使观众看清楚所要交代的内容，运动镜头的起幅和落幅要适当保留。

四、主体运动的出画入画

出画入画，是指画面中主体出画框或入画框。画框就是指画面的框架结构。主体运动的出画入画直接影响到屏幕的时空关系，是影视作品时空转换的重要手段。出画入画的不同处理方式，可以传达不同的时空概念。

（一）相同时空

一般来说，表现主体在同一时空的活动时采取主体动作不出画、不入画的方法，也就是镜头拍摄和剪辑都不做出画入画处理，这样剪出来的段落节奏明快，干净利落，符合同一时空内动作的特点。

（二）不同时空

当主体动作的时空发生改变时，观众的心理也要有一个适应的过程，主体动作的出画和入画正好给这种适应过程保留了时间和空间。涉及具体的组接方案，是既出画又入画，还是只出画不入画，或者不出画只入画，可以根据需要灵活处理。

第三节

镜头剪辑的常用技巧

剪辑的重点在于控制视频作品的节奏，好的剪辑能为视频增色。同样，差的剪辑会给视频减分，浪费团队前期的付出。镜头剪辑除了以上集中介绍的"镜头剪辑的匹配原则"和"动作镜头的剪辑"之外，还有很多常用技巧。

一、对应剪辑

一个事件或动作往往会引起某些相应的反应，这种事物或者动作与它所作用对象的反应就形成一种对应关系，在剪辑时把这种反应表现出来，构成对应剪辑。尤其是引起反应的主体动作带有强烈指向性时，应该及时出现相应的反应镜头。如图6-9所示，指向性明确的破损老照片，对应另一半照片的出现，拼出完整的合影，进一步揭示片子主题——重聚。

图 6-9　对应剪辑示例:《国际导演拍北京·重聚》截图

二、对立剪辑

对立关系即冲突关系,又可称为对比关系,反映情节或叙事中的矛盾冲突和斗争。在两个画面的衔接中,对立剪辑在于强调两者的对比、对立甚至冲突,经常用音乐与画面的强烈对比来达到震撼人心的效果,用以引导观众情绪。如图 6-10 所示,谢尔盖·爱森斯坦(Sergei M. Eisenstein)执导的影片《战舰波将金号》中"敖德萨阶梯大屠杀"段落,残暴的沙皇军警屠杀无辜居民时运用了大量对立剪辑:手持武器的沙皇军警和流血的百姓组接在一起形成鲜明对比。

图 6-10　对立剪辑示例:《战舰波将金号》中"敖德萨阶梯大屠杀"段落截图

三、平行剪辑

两个以上事件、两条以上线索平行推进过程中,运用平行剪辑方式,将不同时空环境下的镜头剪辑在一起,构成平行剪辑。

四、交叉剪辑

交叉剪辑是在同时发生的两个不同场景的镜头之间来回切换。镜头在两条线之间切换,以不同的视点向观众展示场景之间的关系,强化事件的戏剧冲突,并构建戏剧的张力或悬念。

五、潜意识剪辑

潜意识剪辑是一种快速的剪辑方式,指从一个镜头组接到另一个新的、有冲击力的画面,之后再切回到原来的镜头。新的画面持续时间很短,似乎一闪而过,只允许观众瞥一眼。潜意识剪辑这一技巧能激发观众潜意识中的某些东西,但又不真切。

六、时空的压缩

将长长的时空通过几个镜头进行表现，形成时空的压缩，这是影视作品时空无限性的体现，也是视频创作中经常会用到的剪辑技巧。时空压缩的主要手法就是选择代表各个阶段的典型画面进行组接，构成一段完整的叙事表达。如图 6－11 所示，美国导演奥逊·威尔斯的影片《公民凯恩》中，凯恩与妻子在一年间感情破裂的过程用了几个镜头进行表现，从第一个镜头中夫妻间的亲密到最后一个镜头双方的疏远，是典型的时空压缩剪辑。

图 6－11　影片《公民凯恩》中的时空压缩剪辑

七、时空的延伸

通过剪辑，延长时间，扩大空间，甚至实现时空的停止。最常用的延伸时空的手段是镜头速度的变化，如慢镜头、定格镜头。时空的延伸手法还可以对短时间内发生的事件进行多角度、多侧面、全方位的空间展示。

比如影片《战舰波将金号》中，"敖德萨阶梯大屠杀"这个段落就使用了时空延伸的手法，充分渲染了大屠杀的残酷和无情。

八、多屏剪辑

多屏剪辑指将屏幕分割成多个相等的部分，多个镜头同时出现在屏幕上，也称为画面分割。最为常见的应用是双屏，将两条线索的镜头放在一起展现。比如 2020 年杭州市的一则宣传片，利用双屏将城市的古与今两个类别的风貌放在一起，传递杭州古今融合走向未来的理念，如图 6－12 所示。

图 6-12 杭州城市宣传片《古今同窗见未来》中运用的双屏剪辑

九、由照片到场景/由场景到照片

从照片到场景、由场景到照片或是两者联合使用，是视频拍摄和剪辑中经常会使用到的技巧。

比如《我和我的祖国·夺冠》中，男主角小冬冬到成年冬冬的过渡，就是采用从场景到照片，再从照片到场景，完成叙事结构中时空的转换，如图 6-13 所示。

图 6-13 《我和我的祖国·夺冠》中由场景到照片由照片到场景的剪辑技巧

十、画面附加

画面附加指在主画面的局部嵌入一个新的画面。与多屏剪辑中多个画面平分秋色不同，画面附加有主次之分，附加的画面通常用以展示与主画面相关的信息。

转场镜头的处理技巧

转场指从一个镜头的影像或者画面转换到另一个镜头的方法，以及镜头段落的转换与过渡。对于单个镜头之间的组接，前面的剪辑原则中涉及较多，此处我们着重从段落角度来介绍转场镜头的处理技巧。

一、视频段落

（一）段落的定义

视频作品中，段落是由若干个蒙太奇句子或场面组成的内容完整的叙事层次，它根据内容的容量一般分为四种形式：叙事的自然段落，表现意义的蒙太奇段落，时间转换的段落，以及节奏性段落。我们可以将之想象为文章段落，字词构成句子，句子构成段落。一个段落的结束，意味着叙事中的停顿、思考、喘息、节奏转换或者阶段性完结。短视频因为容量有限，一般段落构成不会很多。但是段落与段落之间的转换也是经常会涉及。

从一个段落到另一个段落的转换与过渡是转场的一种，经常会结合一些转场手法的运用。

（二）转场段落的分类

段落与段落之间的转场随着事件的发展会有不同侧重点。

第一种就是连贯性段落，就是重连贯轻分隔。叙事段落之间偏向于连贯，但叙事连贯的前提下又会分两个段落，称为是连贯式转场，一般会选用直接切换也就是无技巧转场来完成。

第二种是分隔式段落，即重分隔、轻连贯。有些叙事结构中，段落与段落之间的分隔痕迹会比较重，此时的转场往往会选择视觉上比较"硬"的转场方式，以显示区隔，称为分隔式转场，一般会采用技巧转场来实现硬性的分隔。

二、无技巧转场

无技巧转场就是直接切换，一个画面迅速取代另一个画面，这是转场方式中最简单的一种。直接切换既可以显得几乎不留痕迹，也可以用来制造醒目的时空跳跃。

无技巧转场虽然是硬切，不使用特效等手段，但讲究凭借镜头的有机联系进行切换，使得镜头与镜头、段落与段落间的转换叙事自然、表达流畅，是目前短视频创作中运用得最多的转场方式。常用的无技巧转场的方式很多，常见的有空镜头转场、特写镜头转场、出画入画转场和利用遮挡转场等。

（一）空镜头转场

空镜头又叫"景物镜头"，指画面中没有明确主体的镜头。常用以介绍环境背景、交代时间空间、抒发人物情绪、推进故事情节、表达作者态度，具有说明、暗示、象征、隐喻等功能，在影视中起到借物喻情、渲染意境、烘托气氛、引起联想等艺术效果。空镜头与常规镜头可以互补而不能代替，是加强视频艺术表现力的重要手段。

空镜头在视频的时空转换和调节影片节奏方面有独特作用。因为空镜头当中没有明确的主体，所以使这种镜头也就没有明确的指向性，无论用在哪里都不会引起争议，因而也就能够在段落与段落之间顺利地实现承上启下的作用。

（二）特写镜头转场

特写是指表现成年人肩部以上的头像或某些被摄对象细部的画面，具有生活中不常见的特殊的视觉感受，主要用来突出描绘人物的内心活动或是需要强调的景物的细节部分。特写镜头的主体无论是人物或景物，都能给观众以强烈的视觉印象。

特写镜头把人或物从周围环境中强调出来了，所以既看不出整体与局部的关系，也看不出主体与环境的关系，因而适用于不同的场景，这就为段落转换创造了条件。

另外，特写镜头有比较强的主观色彩和情绪色彩，容易给人以视觉上和心理上的强烈感染，所以能在一定程度上分散观众对场景转换的情绪波动，使段落与段落之间的转换很轻松就完成了。

（三）出画入画转场

所谓出画入画，就是指画面中主体出画框或入画框。镜头画面中的中心人物或运动物体离开画面即出画，人物或运动物体进入画面被称为入画。

拍摄主体的出画入画是时空转换的有效手段，在段落转场时经常可以用到。

（四）利用遮挡转场

遮挡转场指两个镜头之间通过自然的遮挡顺利进行衔接的方法。遮挡普遍使用在影视创作中主角从小时候到成年人的段落转换，在时空跨度大的段落之间用遮挡专场非常自然。如电影《我和我的祖国·护航》中的女主角吕潇然，从小时候从高处一跃而下的场景转换到长大后成为飞行员时的段落转场，运用了衣柜门的遮挡：飞行基地的衣柜门打开，出现的是穿着飞行员服的成年吕潇然，如图 6-14 所示。

图 6-14 《我和我的祖国·护航》利用遮挡完成了小吕潇然到大吕潇然的段落转换

（五）利用散焦镜头转场

散焦镜头是指逐渐失去焦点，由实变虚的镜头。散焦镜头在影视作品中常被与"昏厥"联系在一起，当角色逐渐失去意识时，观众看到的画面会逐渐失去焦点。在短视频创作中，表现类似昏厥、麻木、想入非非、受到打击、昏昏欲睡等情形的效果或环节，散焦镜头转场都十分好用。散焦镜头就是用镜头表现一种主体的感受，镜头的从实到虚则表示此镜头为主观镜头。

（六）利用虚焦镜头转场

虚焦镜头是指画面中没有焦点的镜头，整个镜头焦点虚化后，我们看到的画面是虚的、模糊的，这正好可以作为转场依据。虚焦与散焦在使用时的差别在于，虚焦镜头更多地表达客观性，散焦则多为主观镜头。如从夜晚转场到第二天早上，晚上与白天的转场就可以利用这种虚焦镜头来进行，利用虚幻的霓虹灯、路灯的镜头或城市虚焦的街景，都可以顺利转到下一个段落。

（七）利用照片/视频转场

利用照片、电视屏幕或电影银幕上的视频转场，前一个段落与后一个段落以一张照片、一幅招贴画、一个视频画面等，自然地进行空间转换。如《我和我的祖国·回归》中，从香港回归仪式现场到华哥观看回归仪式，就是通过回归仪式的电视转播进行转场，如图 6 – 15 所示。

图 6 – 15　《我和我的祖国·回归》利用电视画面完成段落转场，场内和场外两个空间自然过渡

（八）利用声音转场

利用声音的延续性可以实现上下段落的自然衔接。比如，上一个镜头，教学楼中，甲同学近景在问画面外的乙同学"英语四级报名了吗？"下一个镜头是操场上丙同学正在回答丁同学的问话"早报了，你呢？"从室内段落自然转场到室外段落。

无技巧转场的方式很多，而且因人而异，我们可以通过多看优秀的短视频作品和经典影视作品多模仿和练习，等拍摄和剪辑经验丰富了以后自然会形成属于自己的个性化剪辑风格。

三、技巧转场

技巧转场就是利用特效等技巧将两个段落连接在一起，通过效果制造醒目的时空跳跃。技巧转场是通过人为的手段将前后段落组接起来，一方面使段落平静过渡，另一方面在观众看来，视觉上会有明显的区隔感，因此分隔性较强。

用特效转场要依据视频的风格和段落的需求来进行，千万不要在朴实的视频当中使用喧宾夺主的特效转场，要使内容与形式相匹配，视频的风格才能统一呈现。

比较常见的特效转场有叠化、淡变、划像等。

（一）叠化

叠化是指把一个新影像覆盖到前一个影像上，上下镜头画面交叠，前一个影像逐渐淡化至消失，新影像的透明度逐渐增加直到转场完成，形成一个画面慢慢转化为另一个画面的效果。叠化能营造一种柔和的转场，是技巧转场中运用十分普遍的一种。

（二）淡变

淡变指缓慢地使前一个镜头的影像色彩慢慢消褪，或将一个镜头的影像慢慢变为彩色。比较常见的是将一个镜头的影像淡变为黑色，即渐隐为黑色，可以称为"隐黑"。当然也可以淡变为白色，表现某种爆炸性、幻想性或富有寓意的转场。也可以淡变为红色，表现好事连连的喜庆，也能用于悬疑恐怖段落中诱导出关于血的意象。淡变至绿色可能引出自然抒情的意象，淡变到蓝色可以产生关于海洋的意象，等等。

淡变经常会用在一个场景的开始或是结束。淡变的速度可调节，一般与视频的节奏一致。如果刻意放慢速度，则能表现较长时间的过渡和较大意义的变化。

（三）划像、翻页、百叶窗、变形等

划像、翻页、百叶窗、变形等特效都是较为常见的技巧转场，通过划、翻、变等形式，前一个画面退出，后一个画面进入。类似的技巧在后期剪辑软件上都可轻松完成。

（四）黑场

黑场是非常强烈的段落转换的信号，两个段落之间，加入黑色的视频，从而把两者区隔开来。有时还在黑场上打字幕，提示下一个段落的关键信息。黑场常和淡入淡出结合使用。

（五）定格

将上一个段落的结束镜头做定格处理，使人产生瞬间的视觉停顿，表示"告一段落"，然后出现下一个段落的画面。定格有时候还和淡入淡出结合使用。在短视频段落中有拍摄照片的情节时，经常会用到定格。

第五节

声音的剪辑

视频的传播有两个主要通道，一个是画面，另一个是声音，声音是视频节目中不可缺少的基本元素。但在当前短视频创作中，有些创作者更重视画面，而忽略了声音部分的传播能力，这一点需要引起重视。

法国电影理论家克里斯蒂安·麦茨（Christian Metz）认为，影视是通过以下5种渠道提供信息的：影像、出现在屏幕上的文字及图形、语言（对白和旁白）、音乐和音响（效果声和环境声）。他甚至认为，声音传播的信息比画面更为丰富。观众听到的声音极大地影响着他们对画面的理解。同样的一组画面配上不同的声音，可以赋予视频完全不同的意义。

一、视频声音分类

在《广播电视辞典》当中，对电视节目声音的划分是这样的：语言、音响、音乐。其中语言包括对白、同期声、解说词、画外音等一切能听到的语言；音响包括视频节目当中有关的现场声和为了某种目的而制造的效果声，即音效；音乐则包括乐曲、歌曲等。短视频中关于声音的部分也与此一致，在短视频创作中要有效利用这些声音。

（一）对白

对白是指影视作品中的人物说出来的语言，亦称"台词"。对白主要出现在影视剧作品中，是影视艺术的主要表现手段之一。对白的作用很多，它既有表意功能，同时又能创造出艺术美感。

（二）同期声

同期声指在现场记录图像信号的同时记录下来的声音信号，经常用来表现人物的采访和人物的语言交流。在视频创作中，同期声由于是在现场采录的真实声音，比后期的配音要自然和真实。

（三）画外音

画外音指影片中声音的画外运用，即不是由画面中的人或物体直接发出的声音，而是来自画面外的声音。旁白、独白、解说是画外音的主要形式。

旁白一般分为客观性叙述与主观性自述两种，前者是视频创作者（或借助故事叙述者）以客观角度对视频的背景、人物、事件直接进行议论或抒发感情；后者是视频中某一人物（一般为影片主角）的自述，以主观角度追溯往事、叙述所忆所思或所见所闻。独白是画面中人物的心理活动的语言表述，是揭示人物内心世界的重要手段。解说是介绍、解释画面内容、阐述影片创作者思想观点的表达方式。

画外音摆脱了声音依附于画面视像的从属地位，充分发挥了声音的创造作用，打破镜头和画面框架的界限，能把视频的表现力拓展到镜头和画面之外，不仅能使观众深入感受和理解画面形象的内在含义，也能通过具体生动的声音形象获得间接的视觉效果，有效强化视频的视听结合功能。

画外音和画面内的声音及视觉形象互相补充，互相衬托，可产生各种蒙太奇效果。

（四）音效

音效就是指由声音所制造的效果，为人工制造或加强的声音，是为增进视频的真实感、气氛或戏剧效果而在后期制作时加在音频上的声音，包括乐音和效果音。

二、同期声和画外音的剪辑

在进行短视频声音剪辑时，虽然没有画面剪辑那么复杂的要求，但涉及人的声音部分的剪辑还是需要充分关注，因为但凡有人的声音，便会有内容、有语义、有情绪。

（一）同期声剪辑的主要形式

同期声剪辑的形式包含直接式、渐起渐隐式和前叠后叠式等。

所谓直接式，即声画同步，直接切换，是最为常见的同期声剪辑方式。

渐起式指在同期声开始的部分先把音量压低，然后逐步调高到正常音量，它可以使同期声的出现不至于太过突兀，适用于现场声音较多、较复杂的环境，或是解说、旁白、对白等声音后面加入同期声的情况下。因为在配音间中配的解说、旁白、对白声音较纯，和现场录制的同期声在声音的效果上反差比较大。这个时候，如果解说之后直接切入同期声，就可以在解说快结束时把同期声以较小的音量混入，就像背景声一样来运用，等到解说结束时再放大至正常音量，这样的听觉效果就很自然。

渐隐式是与渐起式相对应的，在同期声的主要内容表达清楚之后并不马上结束，而是将音量逐渐调小直至消失，在同期声渐弱的同时其他声音进入成为主要的声音，这就能在一定程度上缓解同期声戛然而止的突兀。

前叠式指声音先出现，叠在前一个画面上，然后才出现讲话人的声画同步的画面。这种剪辑方式可以让同期声的内容先引起观众的注意，使观众对讲话人的出现有一个心理准备，使镜头的切换更加自然。

后叠式指在同期声结束前，下一个画面提前进入，同期声的结尾部分叠在下一个画面上延续一段时间，这样也能使镜头转换比较自然。

（二）画外音的应用

画外音是一种依附于画面的画外语言。它由视频主创人员完成，传达的是一种经过创意和策划的间接信息，主要应用在以下几个方面。

第一，表达抽象性的内容。画面与音响是诉诸感性的视听形象，适于表达具象的概念；但画外音不同，它们可以表达的是一种经过创作者理性思维、概括整理的间接信息，囚此适于表现一些抽象的内容，比如概念、理念等，达到的效果是画面与音响无法表述的。

第二，表达创作者的观点和情感。创作者的观点和情感是一种主观信息，它往往脱离具体的物象。来自客观世界的画面和音响虽然可以在一定程度上暗示这种信息，但是毕竟只能是间接的表达，难以明确，有时甚至造成表意上的模糊或者混乱。而画外音由创作者发出，在表达主观信息上是直接而明确的。所以视频当中的议论、抒情等内容往往都由画外音如解说词来承担。

第三，解释说明、交代背景。画面和音响在信息上大部分是生动形象的，但有时又是模糊的。一些有较强指向性或者是比较精确的内容往往难以表达，比如时间、地点、人物身份和关系、事件性质等。此外，画面和音响往往表现的是此时此地的信息，对于一些背景情况没有办法很好的表述，需要画外信息的弥补才能完整、丰富。画外音正好可以承担这方面的功能。

第四，对画面信息的整合。一条成功的短视频都需要向受众表达一个完整、连贯的信息，但是视频中的画面和音响往往表现的只是局部的信息，此时就可以通过画外音将其有机地统一起来。

练习题

1. 简述镜头剪辑的匹配原则。

2. 短视频中涉及的动作的组接数量庞大，其总的剪辑要求是做到剪接点的精准以准确还原整体动作。请谈一谈短视频动作剪辑中常见的几种样式和它们的特点。

3. 什么是主体运动的出画入画？自选主题和场景模拟拍摄主体的出画入画镜头。

4. 何为转场？常见的转场方式有哪些？

5. 实训：梳理镜头剪辑的常用技巧，并利用手头的素材进行剪辑练习。

第七章

PC 端短视频剪辑软件应用

用于剪辑短视频的 PC 端视频剪辑软件都为非线性编辑，操作流程包含素材采集与输入、素材编辑、特效处理、字幕制作、音频制作、输出和生成等基本环节，可简单概括为输入、编辑、输出三个步骤。随着各类 PC 端视频剪辑软件的推出和技术迭代，用户能够非常轻松地在电脑上完成短视频的剪辑工作。

第一节

PC 端短视频剪辑软件

电脑端的视频剪辑软件品类不少，常见的有 Premiere、达芬奇、Edius、Final Cut Pro、Vegas、会声会影、爱剪辑等。

一、Premiere

Premiere 一般指 Adobe Premiere Pro（简称"Pr"），是由美国跨国电脑软件公司 Adobe 开发的一款非线性视频编辑软件，常用的版本有 CS4、CS5、CS6、CC2014、CC2015、CC2017、CC2018、CC2019、CC2020、CC2021 以及 2022 版本等。Premiere 软件横跨微软（Windows）和苹果（Mac OS）操作系统，适用性广泛。

Premiere（如图 7 - 1 所示）有较好的兼容性，并且可以与 Adobe 公司推出的其他软件无缝衔接，尤其是与非线性特效制作软件 Adobe After Effects（简称"AE"）、音频处理软件 Adobe Audition（简称"Au"）、图像处理软件 Adobe Photoshop（简称"PS"）等的相互协作可以提高音视频制作的效果和效率，被广泛应用于电视节目制作、广告制作和电影制作等领域。在视频创作范围里，Premiere 是视频剪辑领域市场占有率最高的，网上的教程也最为丰富。

二、达芬奇

达芬奇（DaVinci Resolve，如图 7 - 2 所示）原本是一款只在高端电影调色领域使用的专业软件，近年来其优化和发展了剪辑、合成特效、音频模块，与调色一起构成了完整

图 7 - 1　Premiere

的四大模块，并且每个模块都对应 Adobe 的一个专业软件，使一款软件便可一站式完成视频后期制作的全流程，功能强大到成功抗衡 Adobe 产品，以至于视频内容生产者会纠结到底是选 Adobe 还是选达芬奇。达芬奇与 Pr 一样，也适用 Windows 和 MacOS 两类操作系统。相对而言，在我国 Pr 的学习资源是最为丰富的，达芬奇稍显逊色。

图 7 - 2　达芬奇

三、Edius

Edius（如图 7 - 3 所示）是美国 Grass Valley（草谷）公司推出的非线性视频编辑软件，专为广播和视频后期制作环境而设计，特别针对新闻记者、无带化视频制播和存储。Edius 的界面简洁，渲染和出片速度比较快。相比较而言，Pr 在调色这块体验良好，而 Edius 在字幕这块更有优势，操作也好于 Pr。

图 7 - 3　Edius

相比 Pr，Edius 较多用于电视制作，没有 Pr 的缓存问题，配置低一些也能进行剪辑，字幕这块相比 Pr 也更有优势；但 Edius 没有 Pr 的调色体验感好，同时也没有强大的配套软件支撑，且只能用于 Windows 平台，这是它的劣势。

四、Final Cut Pro

Final Cut Pro（如图 7 - 4 所示）是苹果公司于 1999 年推出的一款非线性专业视频编辑软件，主要用于电影、广告等领域较高规格视觉作品的剪辑，只适用于 MacOS 平台，因此用户数量相对有限。Final Cut Pro 对格式要求比较高，而短视频的内容来源和格式复杂多源，因此其不太用在短视频的剪辑上。

图 7 - 4　Final Cut Pro

五、Vegas

Vegas（如图 7 - 5 所示）是一款由 Sonic Foundry 公司开发的非线性视频编辑软件。Vegas 软件的特点是占用内存等硬件资源少，但性能方面不打折扣，虽然没有那么专业化和标准化，但拥有差不多 80% 的 Pr 功能，基础使用完全没有问题，因此配置比较低的电脑一般会首选这款视频编辑软件。

图 7 - 5　Vegas

六、会声会影

会声会影（如图 7 - 6 所示）是由加拿大 Corel 公司制作的一款非线性视频编辑软件，

英文名为 Corel VideoStudio。会声会影软件特点是入门的操作非常简单，是偏大众化的视频剪辑软件，适合家庭 DV 编辑。

图 7 - 6　会声会影

七、爱剪辑

爱剪辑（如图 7 - 7 所示）是深圳市爱剪辑科技有限公司推出的一款非线性视频编辑软件，主打制作便捷和快速上手。特点是操作简单、方便易用，贴图、音效、特效、滤镜等预设资源丰富，但相比 Pr、Edius 等软件而言专业性相对欠缺。

图 7 - 7　爱剪辑

总体而言，非线性视频剪辑软件的基本操作思路都很接近，只要掌握了其中一款，操作其他品牌的软件都非常容易上手。

第二节

短视频编辑技术基础知识

一、线性编辑与非线性编辑

（一）线性编辑

线性编辑即电子编辑，是对记录在磁带上的节目素材进行选择，然后根据编导人员的创作意图将选出的镜头按一定顺序合成一个完整节目并记录在另一条磁带——节目母带上的过程。线性编辑是复杂的一整套系统，操作起来技术性要求相对更高一些，而编辑效率却比非线性编辑要低不少。

线性编辑的老祖宗，是机械剪辑。机械剪辑是对磁带本身进行剪接，剪完再按创作需要进行拼接。过去用胶片拍摄电影时，底版要经过冲洗，制作一套工作样片，利用这套样片进行剪辑。剪辑师从大量的样片中挑选需要的镜头和胶片，用剪刀将胶片剪开，再用胶条或胶水把它们粘在一起，然后在剪辑台上观看剪辑的效果。中央电视台前身北京电视台在 1958 年成立的时候，在相当长的一段时间里使用电影摄影机拍摄电视新闻，新闻片的剪辑就是机械剪辑，需要花费大量精力，使新闻的时效性大打折扣。

相对于机械剪辑，线性编辑不对母带进行剪辑，只是选择和复制，设备包含一台放机、一台录机、一台剪辑机，工作效率大大提升。20 世纪 90 年代末，以计算机技术为主导的非线性编辑系统开始在电视制作和视频制作中大量应用，只要用一套计算机设备、软件就可以方便地进行视频剪辑，剪辑效率再一次得到大幅提升，并迅速取代了线性编辑。

（二）非线性编辑

非线性编辑简称非编或非线编，指素材的长短和顺序可以不按制作的先后和长短而进行任意编排和剪辑。非编操作的流程包含素材量化采集、素材剪辑、节目制作、输出成品等。

非线性编辑的优点在于系统集成度高、信号质量高、编辑制作效率高。非编系统采用高速硬盘作为存储的介质，内部全部采用数字信号，在系统中进行编辑处理和多次复制的时候，视频的各种信号几乎是没有衰减的，包括画面和声音。但并不是说非编信号就不会衰减，"一进一出"即素材的导入和成品的输出两个环节，信号会有损失。同一素材，如果反复采集和输出，画面和声音信号都会有影响。因此，用非线性编辑系统进行编辑时，同一素材要尽量减少重复导入和输出。

二、短视频编辑技术基本名词

（一）帧速率

帧即幅，是一个量词，是比镜头更小的显像单位，1 帧就是 1 幅。根据影像制式的差别，1 帧可能是 1/24 秒、1/25 秒或者 1/30 秒不等。当前随着高帧率技术的发展，使 1 帧的持续时长还可能是 1/48 秒甚至 1/120 秒等。静帧是指取一个镜头中的其中 1 帧，并把其拉长成所需的长度。

帧速率指视频屏幕上每秒钟扫描的帧数，也可以理解为图形处理器每秒钟能够刷新几次。对视频内容而言，帧速率指每秒所显示的静止帧格数。捕捉动态视频内容时，帧速率越高越好。高帧率（High Frame Rate/HFR），又被称为高帧率格式，是指以每秒 48 帧画面频率拍摄电影，相比以往的 24 帧画面，高帧率可带来更清晰稳定的画面，是新电影技术革命。高帧率拍摄的影片能更好地表达慢动作镜头，因为即使把电影放映速度减慢一半，它仍然能达到每秒 24 帧的电影放映水平，因此画质更清晰稳定。

要生成平滑连贯的动画效果，帧速率一般不小于 8fps；电影的帧速率为 24fps；电视的帧速率根据不同的电视制式有所不同。

（二）电视制式

各国的电视制式不尽相同，制式的区分主要在于帧速率、分辨率、信号带宽、色彩空间转换关系等的不同。目前最广泛的电视制式有 PAL、NTSC、SECAM 三种。我国大部分地区和英国、澳大利亚等采用 PAL 制式，帧速率与电影一致为 24fps；法国、俄罗斯、东欧、中东、埃及和非洲法语系国家等使用帧速率为 25fps 的 SECAM 制式；日本、韩国、东南亚地区和美国、加拿大等大部分西半球国家使用帧速率为 30fps 的 NTSC 制式。

（三）视频编码

视频编码即视频压缩。视频编码方式是指通过视频压缩技术，将原始视频格式的文件转换成另一种视频格式文件的方式。视频是连续的图像序列，借助人眼的视觉暂留效应，当帧序列以一定的速率播放时，我们看到的就是动作连续的视频。由于连续的帧之间相似性极高，为便于储存传输，我们需要对原始的视频进行编码压缩，以去除空间、时间维度的冗余。

视频压缩分为无损压缩和有损压缩两种。无损压缩是利用数据之间的相关性，对具有相同或相似特征的数据归类成一类数据，以减少数据量；有损压缩指在能正常展现视频的前提下，在压缩过程中去掉一些不易被人察觉的画面或音频信息，以最大程度压缩文件大小。

（四）视频格式

视频格式实质是视频编码方式。使用的压缩方法不同，得到的视频编辑格式也不同。目前常见的视频格式包括 AVI 格式、MPEG 格式、AFS 格式、MOV 格式、WMV 格式、RM 格式与 RMVB 格式、FLV/F4V 格式等。

1. AVI 格式

AVI（Audio Video Interleaved）就是可以将视频和音频交织在一起进行同步播放，由微软公司于 1992 年推出。AVI 格式的优点是图像质量好、兼容性强，缺点是体积大占用空间多。

2. MPEG 标准

MPEG（Moving Picture Experts Group，动态图像专家组）是由国际标准化组织（ISO：International Standardization Organization）和国际电工委员会（IEC：International Electro-technical Commission）于 1988 年成立的专门针对运动图像和语音压缩制定国际标准的组织，专门负责为 CD 建立的视频和音频标准。MPEG 标准的视频压缩编码技术主要利用了具有运动补偿的帧间压缩编码技术以减小时间冗余度，利用 DCT 技术以减小图像的空间冗余度，利用熵编码则在信息表示方面减小了统计冗余度。这几种技术的综合运用，大大增强了压缩性能，使 MPEG 标准在视频领域被广泛应用。

3. ASF 格式

ASF（Advanced Streaming Format）是微软开发的可以直接在网上观看视频节目的流媒体文件格式。音频、视频、图像以及控制命令脚本等多媒体信息通过 ASF 这种格式，以网络数据包的形式传输，实现流式多媒体内容发布。ASF 支持任意的压缩/解压缩编码方式，并可以使用任何一种底层网络传输协议，具有很大的灵活性。

Windows Media Service 的核心是 ASF，使 Microsoft Media player 能播放几乎所有多媒体文件，支持 ASF 在 Internet 网上的流文件格式，可以一边下载一边播放，无需存储到本地硬盘后播放。

4. MOV 格式

MOV 即 QuickTime 影片格式，它是苹果开发的一种音频、视频文件格式，用于存储常用数字媒体类型，在图像质量和文件大小的处理上具有较好的平衡性。当选择 Quick-Time（＊.mov）作为"保存类型"时，动画将保存为 .mov 文件，其适用范围较广，包括 Apple Mac OS，Microsoft Windows95、98、NT、2003、XP、VISTA 等所有主流电脑平台都支持此格式。

5. WMV 格式

WMV（Windows Media Video）是微软开发的数字媒体压缩格式，它是在同为微软旗下的 ASF 格式升级延伸而来。WMV 文件一般同时包含视频和音频部分。视频部分使用 Windows Media Video 编码，音频部分使用 Windows Media Audio 编码。在同等视频质量下，WMV 格式的文件可以边下载边播放，因此很适合在网上播放和传输。作为一种有着高压缩率、体积小等优势的视频压缩格式，WMV 有一定影响力。

6. RealVideo 格式

RealVideo 格式是 RealNetworks 公司开发的一种高压缩比的流式视频文件格式，是视频流技术的创始者，主要定位于视频流应用。RealVideo 有较为出色的压缩效率和支持流式播放的特征，但存在图像损耗较大、颜色还原不准确等问题。

7. FLV 格式

FLV（Flash Video）流媒体格式是随着 Flash 动画的发展而出现的视频格式，它的特点是同等图像质量条件下其文件更小、加载速度极快，是网络中应用范围较广的视频传播格式。

Premiere Pro CC 软件概述

Premiere Pro CC 是目前我国视频剪辑市场最常用的专业视频编辑软件之一，具备强大而丰富的视频和音频编辑合成功能，也是短视频创作者选用度极高的 PC 非线性编辑软件。

Premiere Pro CC 的用户操作界面主要由菜单栏，效果控件、Lumetri 范围、源、音频剪辑混合器面板组，项目、媒体浏览器面板组，工具面板，时间轴窗口，音频仪表面板，标记、历史记录、信息面板组，效果、基本图形、基本声音、Lumetri 颜色、库面板组，监视器面板等组成。可细分为工作窗口、工作面板、命令菜单三大类别。Premiere 主操作界面如图 7 - 8 所示。

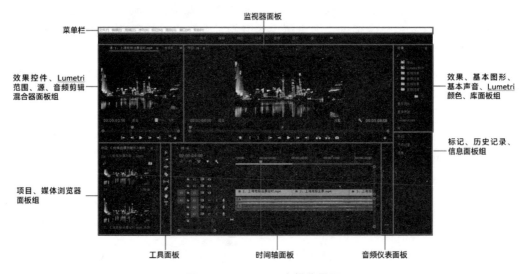

图 7 - 8　Premiere 主操作界面

一、工作窗口

Premiere Pro CC 的工作窗口主要包含项目和媒体浏览器窗口、"时间轴"窗口、"源"窗口和"节目"窗口四项。

（一）项目和媒体浏览器窗口

项目窗口主要用于导入、显示、组织和存放供"时间轴"窗口编辑合成的文件，包括序列、素材和导入的外部素材，可以对素材片段进行插入序列、组织管理等操作，有图标和列表两种显示方式。媒体浏览器窗口则可以从本地电脑直接调入素材。项目窗口和媒体浏览器窗口共享同一个窗口界面，当其中一个打开，另一个让位，如图7-9中打开的为媒体浏览器窗口，项目窗口收起位于其上方。图7-10为项目窗口打开状态。

图7-9 项目和媒体浏览器窗口

图7-10 项目窗口

（二）"时间轴"窗口

视频剪辑的大部分工作都是在"时间轴"窗口上进行并完成，从这个含义而言"时间轴"窗口是 Premiere Pro CC 最重要的部分。在视频剪辑过程中，通过"时间轴"窗口可以轻松实现对素材的剪辑、插入、复制、粘贴、修整等操作，所有的特效、字幕、色彩调整等工作也都是在时间轴中实现。

"时间轴"窗口中最核心的是轨道面板，包含视频轨道组和音频轨道组，并且轨道可以自行添加和删减，用于多轨音、视频素材的剪辑，如图7-11所示。

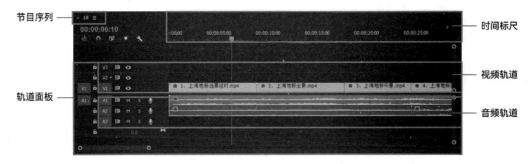

图 7 – 11　时间轴窗口

（三）"源"窗口

　　"源"窗口显示原始素材内容的效果，其在初始状态下不显示素材内容，当将项目窗口中的素材拖动到"源"窗口时可以查看此素材，如图 7 – 12 所示。"源"窗口一次只显示一个素材，可以通过该窗口左上方的下拉菜单切换最近显示过的素材，如图 7 – 13 所示。

图 7 – 12　　"源"素材窗口

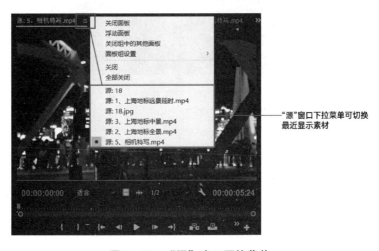

图 7 – 13　　"源"窗口下拉菜单

（四）"节目"窗口

Premiere Pro CC"节目"窗口又称监视器窗口，如图 7-14 所示。监视器窗口显示节目内容即编辑片段的效果，可以实时预览时间轴中正在编辑的序列。监视器窗口下方的操作键包含时间码、播放键、停止键、逐帧后退键、逐帧前进键、入点键、出点键、转到入点键、转到出点键等。

图 7-14　"节目"窗口

二、工作面板

Premiere Pro CC 除了以上最常用的窗口之外，还有很多方便操作的功能面板，最常用的工作面板包含"工具"面板、"效果"面板、"效果控件"面板、"音轨混合器"面板、"音频剪辑混合器"面板等。

（一）"工具"面板

工具面板位于"时间轴"窗口左列，集合了进行视频剪辑操作时常用的工具，作为一个独立的活动窗口显示在用户操作界面上，如图 7-15 所示。

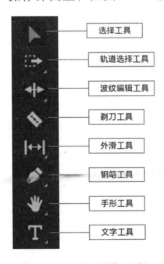

图 7-15　"工具"面板

（1）选择工具：用于在剪辑时进行选择、移动、调节关键帧、设置入点和出点等。

（2）轨道选择工具：在时间轴窗口的轨道中单击鼠标左键，可以选中所有轨道中的单击位置及其后面的所有轨道素材。

（3）波纹编辑工具：可以拖动某段素材的出、入点以改变该素材长度，而相邻的素材长度不变，项目片段的总长度改变。

（4）剃刀工具：用以切分素材的工具，使用剃刀工具在素材中需要切分的地方单击，即可把素材一分为二。

（5）外滑工具：主要用以改变某一动态素材的出、入点，并保持其在轨道中的长度不变，不影响相邻的其他素材，但其在序列中的开始画面和结束画面发生相应改变。

（6）钢笔工具：钢笔工具主要是用于绘制矢量图形，或对剪辑中编辑的动画进行关键帧的添加或调整。同时可用于素材中音频音量的精细调节，如图 7 - 16 所示。

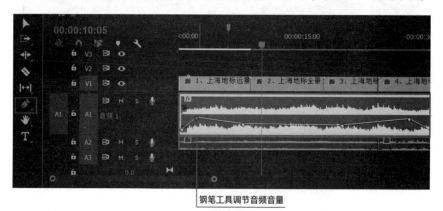

图 7 - 16　钢笔工具可用于素材中音频音量的精细调节

（7）手形工具：用于拖动时间轴窗口中的可视区域，以方便编辑较长的素材或序列；同时在监视器窗口中的画面显示比例被放大时，也可以用手形工具调整显示范围。

（8）文字工具：选择文字工具可以在节目窗口中直接制作图形字幕。

（二）"效果"面板

"效果"面板位于用户操作界面右上角，包含预设、Lumetri 预设、音频效果、音频过渡、视频效果、视频过渡等功能，能便捷地为时间轴窗口中的素材添加效果，如图 7 - 17 所示。

图 7 - 17　"效果"面板

（三）"效果控件"面板

"效果控件"面板位于用户操作界面左上角，通过效果控件可以对添加于剪辑中的效果进行参数设置，如图 7 - 18 所示。在默认状态下，其包含运动和不透明度两项基本属性。时间轴窗口中的素材如果添加效果后，会在"效果控件"面板中显示所有效果。

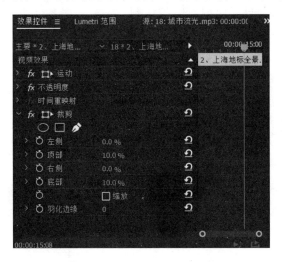

图 7 - 18   "效果控件"面板

（四）"音频剪辑混合器"和"音轨混合器"面板

Premiere Pro CC 有两种音频混合器面板："音频剪辑混合器"面板和"音轨混合器"面板。音频剪辑混合器主要用于选定的音频文件的剪辑，实现混合多个音频、调整增益等针对音频的编辑，如图 7 - 19 所示。音轨混合器可分别处理每条音轨并控制合成输出，是混音工作的主要控制台，如图 7 - 20 所示。

图 7 - 19   "音频剪辑混合器"面板

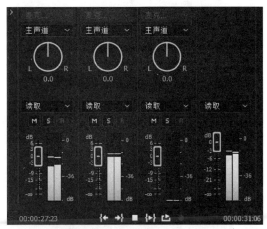

图 7 - 20   "音轨混合器"面板

三、命令菜单

Premiere Pro CC 的命令菜单主要包含文件、编辑、剪辑、序列、标记、图形、窗口、帮助等菜单。

（一）文件菜单

"文件"菜单主要用于新建、打开项目、保存、导入、导出等命令，与很多电脑应用的内容设置习惯接近，容易理解和操作，如图7-21所示。

新建菜单主要包含项目、序列、旧版标题、字幕、彩条、黑场视频、颜色遮罩等项目，如图7-22所示。

图7-21 文件菜单   图7-22 新建菜单

新建菜单中使用频率比较高的有项目包括：新建→项目→创建新的项目文件；脱机文件→创建离线编辑的文件；旧版标题→建立新的字幕窗口；字幕→新建开放式字幕等字幕选项；彩条、黑场视频是设立彩条和黑场的视频素材，如图7-23所示。通用倒计时片头也比较常用，如图7-24所示。

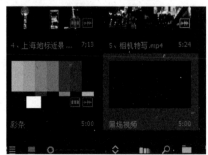

图7-23 彩条和黑场

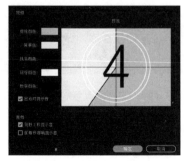

图7-24 通用倒计时片头

以下是部分新建菜单项目的介绍。

（1）打开项目：打开已经存在的项目、素材或者影片文件等。

（2）打开最近使用的内容：打开最近使用过的项目文件。

（3）捕捉：利用附加的外部设施采集多媒体剪辑，可以与外接器材或电脑自带摄像头进行连接并捕捉同步视频。

（4）导入：导入所需的各种素材或整个项目，用于当前项目的剪辑。

（5）导出：将编辑完成的项目输出为指定格式的视频文件。

（二）编 辑 菜 单

编辑菜单中的命令，主要是对选定素材执行编辑任务，如撤销、重做、剪切、复制、粘贴、清除等，如图 7 - 25 所示。

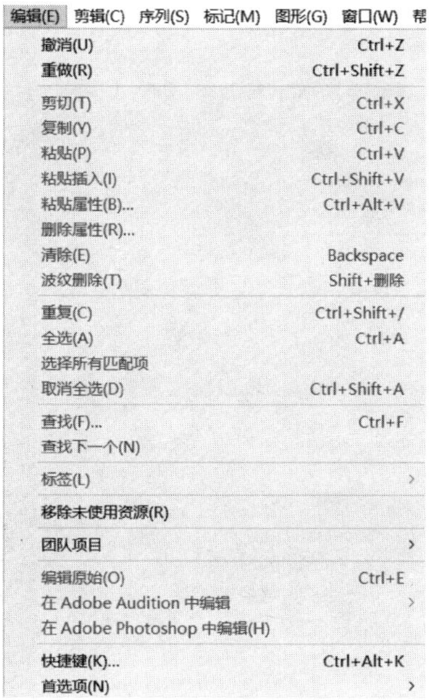

图 7 - 25　编辑菜单

以下是部分编辑菜单命令的作用。

（1）撤销：用于取消上一步的操作，还原到上一步之前的编辑状态。

（2）重做：用于恢复撤销操作前的状态，即重复执行上一步操作。此命令与撤销命令的次数理论上是无限次，具体次数取决于计算机的内存容量大小。

（3）剪切、复制、粘贴：即用于素材的剪切、复制和粘贴。

（4）粘贴插入：将拷贝的剪辑粘贴到一个剪辑的中间。

（5）粘贴属性：把 A 素材的属性粘贴到 B 素材，如效果、透明度、运动设置和特效等，以便于在不同素材中使用统一的效果。

（6）波纹删除：在时间轴中选择同一轨道中两个素材之间的空白区域，用波纹删除命令可以删除这一空白区域，如图 7 - 26 所示。此命令对已锁定的轨道无效。

利用波纹删除命令可以删除素材之间的空白

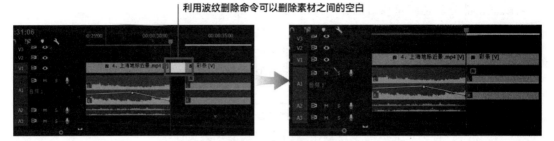

图 7 - 26　波纹删除操作过程

(三) 剪辑菜单

剪辑菜单里包括了大部分剪辑命令，主要用以对素材剪辑进行常用的编辑操作，如重命名、插入、覆盖、速度/持续时间、取消链接/链接、编组等，如图 7 - 27 所示。

图 7 - 27　剪辑菜单

以下是部分剪辑菜单命令的作用。

（1）重命名：对时间轴窗口或是项目窗口中的素材进行重命名，以方便素材管理和提高操作效率。

（2）制作子剪辑：子剪辑是时间长度小于或等于原剪辑的副本，用于提取素材中需要的片段。

（3）编辑子剪辑：选中项目窗口中的子剪辑素材，打开此命令可以对子剪辑进行修改，如改变片段的入点、出点等。

（4）编辑脱机：选中项目窗口中的脱机素材，打开此命令可以打开"编辑脱机文件"对话框，对脱机素材进行注释。

（5）修改：此命令可以对项目窗口中源素材的音频声道、解释素材、时间码等属性进行修改，如图 7 - 28 所示。

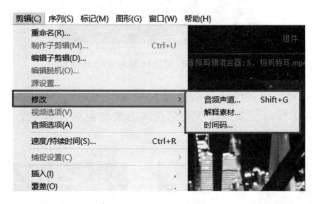

图 7 - 28　修改命令

（6）视频选项：对所选的视频素材执行对应的选项设置，如图 7 - 29 所示。

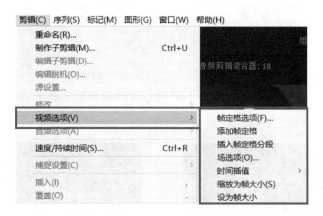

图 7 - 29　视频选项命令

（7）音频选项：对所选音频素材及有音频的视频素材执行对应的选项设置。

（8）速度/持续时间：在项目窗口或时间轴窗口中，选中需要修改播放速度或持续时间的素材后执行此命令，在打开的"剪辑速度/持续时间"对话框中，可以调整素材默认持续时间或在时间轴轨道中的持续时间，如图 7 - 30 所示。

图 7 - 30　速度/持续时间命令的对话框

（9）插入：将在项目窗口中选中的素材，插入时间轴窗口中当前工作轨道上指针所处的点位，如图 7 - 31 所示。如指针所处的位置有素材剪辑，则将此剪辑分割开并插入其中，轨道中的内容增加相应长度。

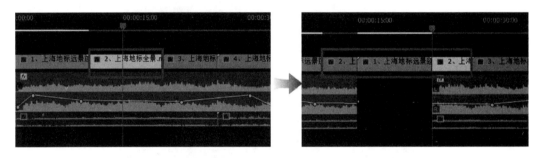

图 7 - 31　插入素材

（10）覆盖：将在项目窗口中选中的素材，添加到时间轴窗口中当前工作轨道上指针所处的点位，如图 7 - 32 所示。如果此点位有素材剪辑则覆盖此剪辑的相应长度，轨道内容的时间长度不变。

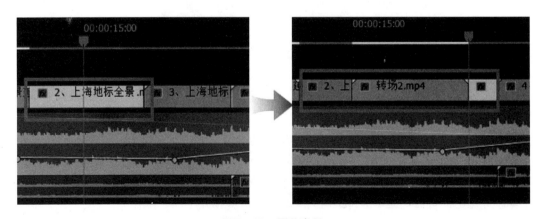

图 7 - 32　覆盖素材

（11）替换素材：在项目窗口中选中要被替换的原素材，执行替换素材命令，在替换素材对话框中选择用以替换的新素材，可完成素材替换。完成替换后，项目中各序列中使用的原素材均会同步替换为新素材。

（12）链接/取消链接：为时间轴窗口中处于不同轨道中的多个素材建立或者取消链接。链接/取消链接在每个轨道中只能选取一个素材。

（13）编组/取消编组：编组与链接相似，可以将时间轴窗口中处于不同轨道的多个素材编组，锁定后暂时组合成一个整体，编辑时可以整组操作。取消编组就是将暂时编组为一个整体的素材取消锁定。与链接不同，编组素材不受数量和轨道位置限制。

（四）序列菜单

"序列"菜单主要用于在"时间轴"窗口中对项目片段进行编辑、管理和设置轨道属性等操作，如图 7-33 所示。

图 7-33　序列菜单

序列菜单中包含的命令，主要用于对项目中的序列进行管理，以下对其中的部分命令进行介绍。

（1）序列设置：打开序列设置对话框，可以查看、设置、修改当前正在编辑序列的基本属性。

（2）渲染入点到出点的效果：渲染指将选定的图像、音频和视频重新编码转换格式并创建成一个整体的过程，作用是能够保证使用者在编辑时更流畅。"渲染入点到出点的效果"只渲染当前时间轴窗口中序列的入点到出点之间添加的视频过渡和视频效果。

（3）渲染入点到出点：渲染当前序列中，各视频、图像剪辑持续时间范围内以及重叠部分的画面，都将单独生成一个对应内容的视频文件。

（4）删除渲染文件：此命令用以删除当前项目关联的全部渲染文件。

（5）删除入点到出点的渲染文件：此命令用以删除当前项目中从入点到出点渲染生成的视频文件。

（五）标记菜单

"标记"菜单主要用于对"时间轴"窗口中的素材标记和监视器中的素材标记进行编辑处理，如图 7 - 34 所示。

图 7 - 34　标记菜单

（六）图形菜单

图形菜单的主要功能包括以下几个方面。一是进入关联网站激活各类新字体；二是安装动态图形模板，动态图形模板是一种可以在 AE 或 PR 中创建的文件类型，我们可以将计算机的动态图形模板添加到项目中，也可以直接创建字幕和图形，并将它们导出为动态图形模板，以供后续的重复使用；三是新建图层，可以选择新建文本、直排文本、矩形、椭圆等图层，与基本图形的编辑功能一致。如图 7 - 35 所示。

图 7 - 35　图形菜单

（七） 窗口菜单

窗口菜单主要用来管理工作区域的各个窗口，包括工作区的设置、历史面板、效果面板、时间轴窗口、源监视器窗口、节目监视器窗口等，可切换程序窗口工作区的布局以及其他工作面板的显示，如图 7 - 36 所示。

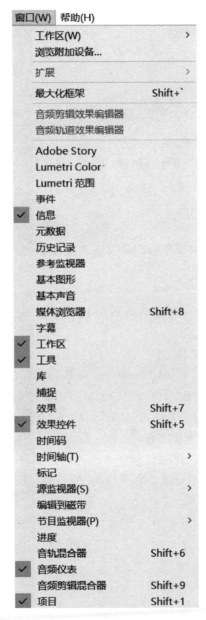

图 7 - 36   窗口菜单

（八） 帮助菜单

帮助菜单与其他软件中的"帮助"菜单功能相似，通过该菜单可以打开软件的在线帮助系统、登录用户的账户或更新程序等。

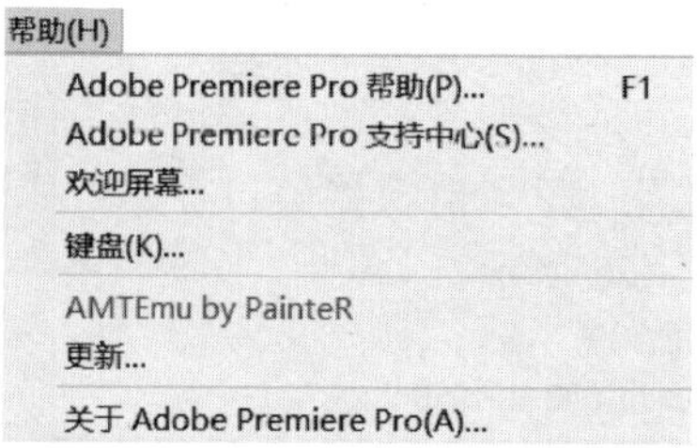

图 7 - 37　帮助菜单

Pr 软件基本操作

一、项目文件操作

在启动 Pr 开始进行短视频制作时，必须首先创建新的项目文件或者打开已经存在的项目文件。

（一）新建项目文件

新建项目文件分为两种，一种是启动 Pr 时直接新建一个项目文件；另一种是在 Pr 已经运行的情况下再新建项目文件。

（二）在启动 Pr 时新建项目文件

按序选择"开始→所有程序→Adobe Premiere Pro CC"命令，或者双击桌面上的 Adobe Premiere Pro CC 快捷图标，弹出启动窗口，单击"新建项目"。在新建项目对话框中设置项目名称、保存位置及其他相关格式，即可创建一个新的项目文件。

（三）利用菜单命令新建项目文件

如果 Pr 已经启动，则可以利用菜单命令新建项目文件。选择"文件→新建→项目"命令，或按"Ctrl + Alt + N"组合键，在弹出的"新建项目"对话框中新建项目即可。

（四）打开已有的项目文件

Pr 启动过程中，单击"打开项目"按钮，在弹出的对话框中选择项目文件打开即可。在已经启动的 Premiere Pro CC 中，单击"文件→打开项目"选择已有的项目文件。

（五）保存项目文件

刚启动 Pr 软件时，系统会提示用户先保存一个设置了参数的项目，因此对于编辑过的项目，直接选择"文件→保存"就可以。同时，系统会隔一段时间自动保存项目。

（六）关闭项目文件

选择"文件→关闭项目"。打开、保存和关闭文件的操作方式，与常用的办公软件操作相似，十分便捷。

二、撤销与恢复操作

通常情况下，一个完整的项目需要经过反复地调整、修改与比较才能完成，因此 Pr 为用户提供了"撤销"与"重做"命令。

三、设置自动保存

设置自动保存功能的具体操作步骤如下：

选择"编辑→首选项→自动保存"命令，弹出"首选项"对话框，勾选"自动保存项目"——设定"自动保存时间间隔"即可，如图 7 - 38 所示。

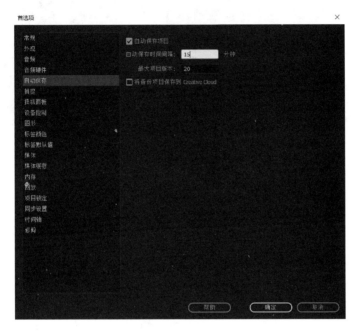

图 7 - 38　设置自动保存

四、自定义设置

Pr 预置设置为影片剪辑人员提供了常用的 DV - NTSC 和 DV - PAL 设置。如果需要自定义项目设置，可在对话框中切换到"自定义设置"选项卡，进行参数设置；如果运行 Pr 过程中需要改变项目设置，可选择"文件→项目设置→常规"命令进行修改。

五、导入素材

Premiere Pro CC 支持大部分主流的视频、音频及图像文件格式，一般的导入方式为选择"文件→导入"命令，在"导入"对话框中选择所需要的文件或素材即可。

六、解释素材

对于项目的素材文件，可以通过解释素材来修改其属性。在"项目"窗口中的素材上单击鼠标右键，在弹出的快捷菜单中选择"修改→解释素材"命令，弹出"修改剪辑"对话框，如图7-39所示。

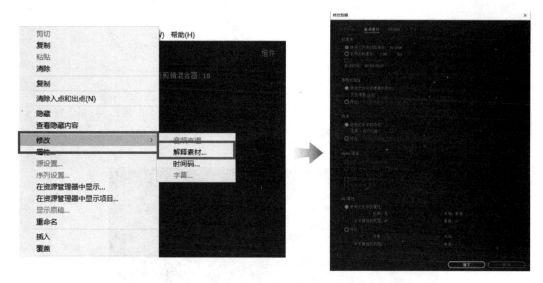

图7-39　解释素材

（一）设置帧速率

在"帧速率"选项区域，可以设置视频的帧速率。帧速率指每秒所显示的静止帧格数。对动画而言，要生成平滑连贯的动画效果，帧速率一般不小于8，就是每秒要有8幅图片；而电影的帧速率为24。捕捉动态视频内容时，这个数字越高越好，一般的高速摄像机能做到1000—10000帧/秒。

选择"使用文件中的帧速率"，则使用视频的原始帧速率。编辑时可以在"采用此帧速率"选项的数值框中输入新的帧速率。下方的"持续时间"显示视频的长度。如果改变帧速率，视频的长度也会发生改变。查看/修改帧速率如图7-40所示。

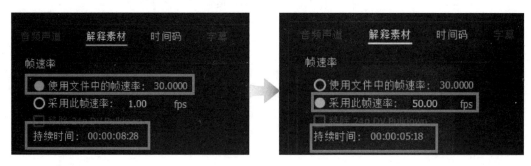

图7-40　查看/修改帧速率

（二）设置像素长宽比

一般默认视频的原始长宽比，可以在"符合"项下进行长宽比的设定。

七、离线素材

当打开一个项目文件时，系统若提示找不到源素材，这可能是源文件被改名或存在磁盘上的位置发生了变化造成的。可以直接在磁盘上找到源素材，然后单击"选择"按钮，也可以单击"跳过"按钮选择略过素材，或单击"脱机"按钮，建立离线文件代替源素材。

第五节

Pr 短视频剪辑流程

以下以短视频"丰收"为例，介绍短视频剪辑流程。

一、新建项目和序列

整理好短视频"丰收"的音、视频素材文件后，利用 Pr 对短片进行剪辑，并制作成完整成片。

首先启动 Premiere Pro CC，单击"新建项目"，在"名称"文本框中输入"丰收"，单击"位置"后面的浏览键，选择项目的保存路径。单击"确定"，进入 Pr 工作界面。

在 Pr 工作界面点"文件→新建→序列"，打开"新建→序列"对话框，如图 7-41 所示。在"序列预设→可用预设→DV-PAL"列表中选择"标准 48kHz"；在"设置→编辑模式"中选择"自定义"，"视频→帧大小"改为水平 1920、垂直 1080，16∶9 的画幅比，像素长宽比选择"方形像素"，如图 7-42 所示。

文件(F) 编辑(E) 剪辑(C) 序列(S) 标记(M) 图形(G) 窗口(W) 帮助(H)	
新建(N) >	项目(P)... Ctrl+Alt+N
打开项目(O)... Ctrl+O	团队项目 (测试版) ...
打开团队项目 (测试版) ...	序列(S)... Ctrl+N
打开最近使用的内容(E) >	来自剪辑的序列
转换 Premiere Clip 项目(C)...	素材箱(B) Ctrl+/
	搜索素材箱
关闭(C) Ctrl+W	脱机文件(O)...
关闭项目(P) Ctrl+Shift+W	调整图层(A)...
保存(S) Ctrl+S	旧版标题(T)...
另存为(A)... Ctrl+Shift+S	Photoshop 文件(H)...
保存副本(Y)... Ctrl+Alt+S	
还原(R)	彩条...
	黑场视频...
同步设置 >	字幕...
捕捉(T)... F5	颜色遮罩...

图 7-41 新建序列

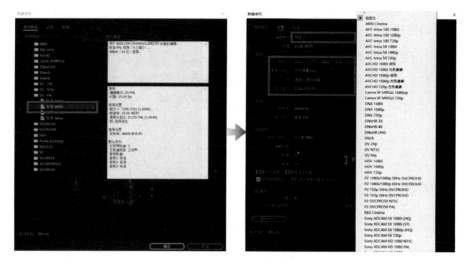

图 7 - 42　设置序列参数

二、导入素材

将准备好的素材导入项目窗口。点击"文件→导入",或者在项目窗口的空白位置单击鼠标右键选择"导入",选取素材点击"打开"进行导入,如图 7 - 43 所示。

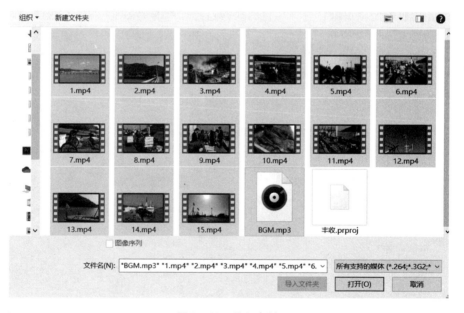

图 7 - 43　导入素材

Pr 中导入素材的方式有多种,除了以上方式之外,也可通过"媒体浏览器"导入素材,直接拖拽外部素材到项目窗口中,或者直接拖拽外部素材到时间轴窗口。

三、剪辑素材

按照剪辑思路，将需要的素材按照先后顺序拉入时间轴窗口进行剪辑处理。视频素材的剪辑按照画面剪辑规律和视频效果需求进行组接；同期声和现场音根据视频表现进行处理；视频素材之间如有必要则添加视频效果或视频过渡。

四、添加字幕

画面与声音是短视频的两大传播通道，其中叠加于画面之上的字幕，是短视频信息的重要传递形式。

点击"文件→新建→旧版标题"为短视频打上标题字幕，如图 7 - 44 所示。点击"文件→新建→字幕"为短视频添加开放式字幕，如图 7 - 45 所示。开放式字幕效果如图 7 - 46 所示。

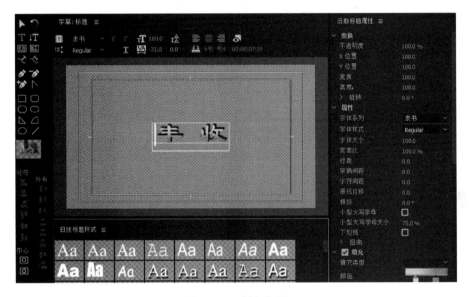

图 7 - 44　添加标题

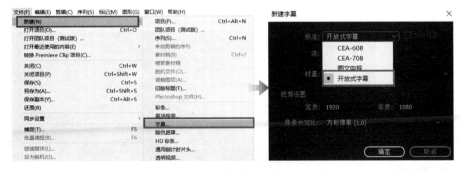

图 7 - 45　添加开放式字幕

图 7 - 46 开放式字幕效果

五、添加音频

根据需要为短视频添加背景音乐,提升视频的感染力和表现力,如图 7 - 47 所示。

图 7 - 47 添加背景音乐

六、输出视频

预览剪辑完成的短视频确认无误后,输出视频。点击"文件→导出→媒体",导出设置中格式选择"H. 264",预设选择"匹配源—高比特率",修改输出名称和保存路径,点击"导出",输出完整成片,如图 7 - 48 所示。

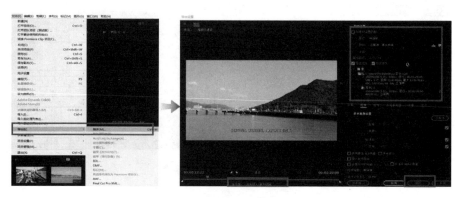

图 7 - 48 输出视频

第六节

影视抠像制作

"抠像"一词来自于早期电视制作，意思是吸取画面中的某一种颜色作为透明色，将它从画面中抠去，从而使背景透明，可以叠加其他图像，从而形成二层画面的叠加合成效果，如图 7-49 所示。当前"抠像"制作广泛应用于影视创作和短视频制作，运用在室内拍摄的内容经过后期抠像制作后，画面主体与其他背景叠加在一起，可以形成多样的艺术效果。

图 7-49　抠像

理论上，影像抠像可以利用任何一种纯色做背景，颜色纯度越高抠像越方便。但实际操作中常见的背景为蓝色和绿色两种，原因在于人体各部位及日常生活中蓝、绿两色的出现相对少。在欧洲，因为部分人群的眼珠呈蓝色，欧洲影视圈一般选用绿幕抠像。利用 Pr 进行抠像制作如图 7-50 所示。

图 7-50　利用 Pr 进行抠像制作

一、新建项目

新建一个工程项目，输入文件名，选择保存路径。

二、导入素材

导入需要用到的素材，包括"绿幕视频"和"背景视频"，把"绿幕视频"和"背景视频"拉到时间轴上，如图 7-51 所示。如果不使用"背景视频"中的音频部分，可通过"取消链接"将音视频分离，去掉音频，保留视频。

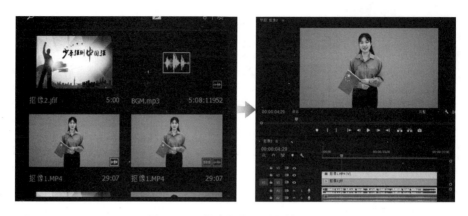

图 7 – 51　将素材拖至时间轴窗口

三、调整构图

原始素材的视频构图如果不理想，通过缩放、移动位置等方式，将主体放置于更合适的位置上。背景部分的构图也可以根据需要进行调整。

四、使用"超级键"抠像

执行"效果→视频效果→键控→超级键"命令，鼠标左键点中"超级键"不放，待光标移动到绿幕视频上再释放，如图 7 – 52 所示。

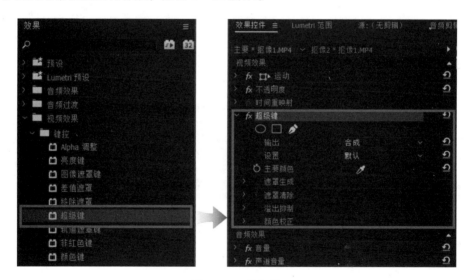

图 7 – 52　超级键

选中需要抠像的视频，打开左上角"效果控件"，找到"超级键"，在超级键下面找到"主要颜色"，用"取色笔"取画面中背景的绿色，把绿色部分做抠像处理，如图 7 – 53 所示。

图 7 - 53　超级键

五、细节调整

绿色吸取完成后的视频会存在或多或少的问题。如图 7 - 54 所示，背景的画面中仍存在不少黑灰色，需要进一步做细节调整。

利用超级键下面的"遮罩生成""遮罩清除""溢出抑制""颜色校正"四项对画面进行精细调节。

找到效果控件中"超级键"下方的"输出"选项，下拉选择"Alpha 通道"。此时，节目画面中白色的部分是人物，黑色部分是抠像部分也就是透明的部分，其中如图 7 - 54 所示的画面中呈现的灰色部分就是抠得不干净的地方，需要做进一步处理。

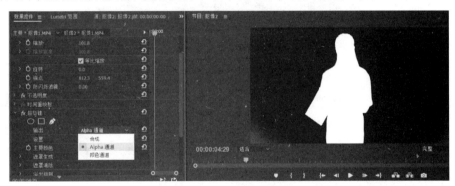

图 7 - 54　Alpha 通道

"超级键"下拉菜单包含"遮罩生成""遮罩清除""溢出抑制""颜色校正"四个部分，可以对抠像做精细调节。

"遮罩生成"包含透明度、高光、阴影、容差、基值的调节，如图 7 - 55 所示。

图 7 - 55　遮罩生成

"遮罩清除"包含抑制、柔化、对比度、中间点四项调节内容,如图7-56所示。

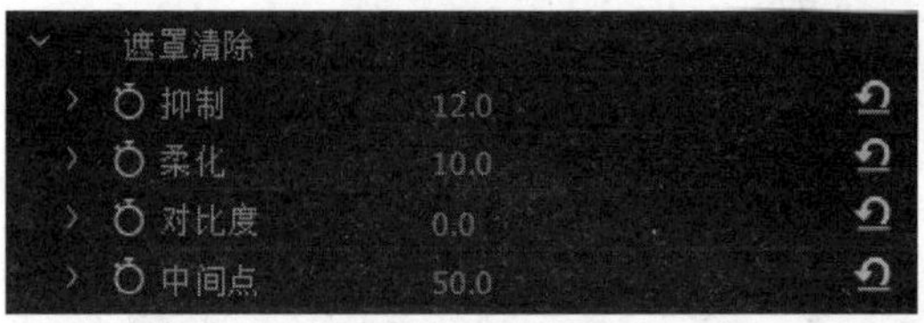

图7-56 遮罩清除

"溢出抑制"包含降低饱和度、范围、溢出、亮度四项内容,如图7-57所示。

图7-57 溢出抑制

"颜色校正"包含饱和度、色相、明亮度调节,如图7-58所示。

图7-58 颜色校正

通过精细调节,直到达到所需要的抠像效果为止。在"输出"项目中选择"合成",如图7-59所示,播放视频查看最终效果。

图7-59 合成效果

字幕及后期制作

一、旧版标题（如图 7 - 60 所示）

文件(F)	编辑(E) 剪辑(C) 序列(S) 标记(M) 图形(G) 窗口(W) 帮助(H)		
新建(N)	>	项目(P)...	Ctrl+Alt+N
打开项目(O)...	Ctrl+O	团队项目（测试版）...	
打开团队项目（测试版）...		序列(S)...	Ctrl+N
打开最近使用的内容(E)	>	来自剪辑的序列	
转换 Premiere Clip 项目(C)...		素材箱(B)	Ctrl+B
关闭(C)	Ctrl+W	搜索素材箱	
关闭项目(P)	Ctrl+Shift+W	脱机文件(O)...	
保存(S)	Ctrl+S	调整图层(A)...	
另存为(A)...	Ctrl+Shift+S	旧版标题(T)...	
保存副本(Y)...	Ctrl+Alt+S	Photoshop 文件(H)...	
还原(R)		彩条...	
同步设置	>	黑场视频...	
捕捉(T)...	F5	字幕...	
批量捕捉(B)...	F6	颜色遮罩...	
		HD 彩条...	

图 7 - 60　旧版标题

菜单栏执行"文件→新建→旧版标题"命令，为字幕命名并点击确认，则新建字幕素材成功，可以在字幕的编辑界面进行字幕编辑。

旧版标题是 Pr 在版本更新过程中出现的一个名称。在 Pr 新版本推出新的字幕功能后，原先的字幕设计器改名为"旧版标题"继续沿用。在整个 Adobe 产品命名体系中，前缀加了"旧版"二字的命令或功能，一般有三层含义：一是已经有新的命令或功能来完成类似的工作；二是为尊重老用户的操作习惯保留旧版功能；三是它们还有一些暂时不能完全取代的特色。

旧版标题可以完成各种文字与图形的创建和编辑功能，包括：制作常规字幕；制作花字（通常指结合图形的艺术标题）；（片尾）滚动字幕；弹幕或飞字幕（从左、右飞入的字幕）；其他创意的标题或字幕等。

（一）旧版标题界面

旧版标题界面包含了主工具选项栏、文字图形工作区、样式预设区、对齐与分布选项区、属性设置区、字幕类型选择面板、文字与图形工具箱、显示或关闭背景图像等功能区。界面清晰，字幕制作简便易操作，如图 7 - 61 所示。

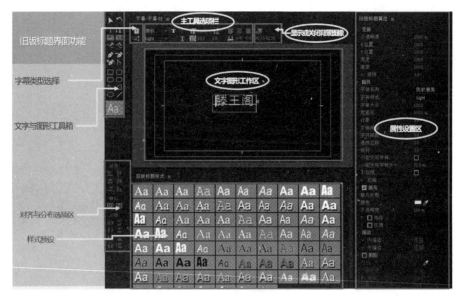

图 7 - 61　旧版标题界面功能

（二）滚屏字幕

旧版标题的字幕类型选择区中包含了滚动字幕制作功能，在制作短视频片尾滚屏字幕时可以选用。滚屏字幕操作步骤如图 7 - 62 所示，片尾滚动字幕效果如图 7 - 63 所示。

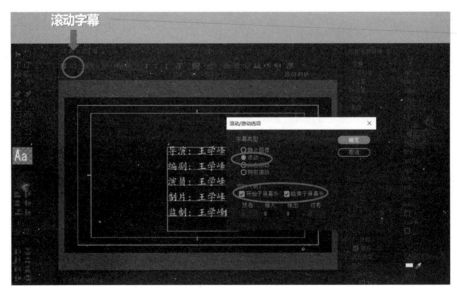

图 7 - 62　滚动/游动字幕界面

图 7 – 63　片尾滚动字幕效果

（三）路径文字工具

旧版标题的"文字与图形工具箱"中，包含了"路径文字工具"。可以在视频中按照制作方需要的字幕路径制作"路径文字"。

在旧版标题界面，选择字幕中的"路径文字工具"，如图 7 – 64 所框示，绘制路径后在路径上面打出来的字幕即为路径文字，如图 7 – 65 所示。

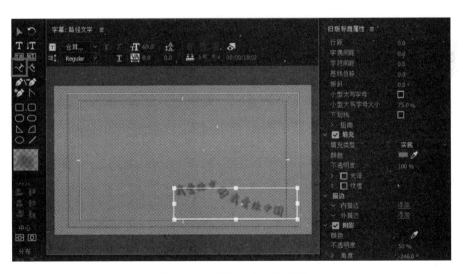

图 7 – 64　路径文字工具界面

图 7 – 65　路径文字工具制作的字幕效果

二、开放式字幕

开放式字幕主要用于短视频中解说、对白、旁白字幕的制作。执行"文件→新建→字幕→标准",选择"开放式字幕→确定",一条新的开放式字幕即创建,如图 7 – 66 所示。

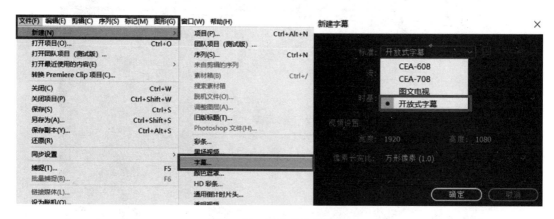

图 7 – 66　新建开放式字幕

也可以在左下方的项目窗口中执行"新建项目→字幕→标准",选择"开放式字幕→确定",开放式字幕新建完成,如图 7 – 67 所示。

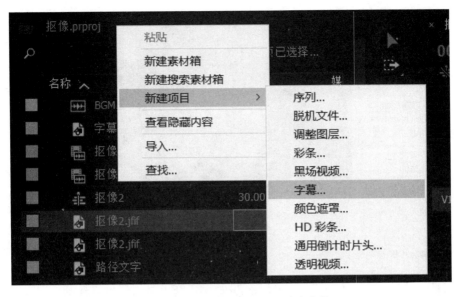

图 7 – 67 在项目窗口新建开放式字幕

开放式字幕的制作界面中，背景颜色、文本颜色、边缘颜色都可以方便地调整，如图
7 –68 所示。如果不想要字幕的背景色，选中"背景颜色"，然后把它的透明度调整为
"0"即可。颜色旁边的吸管，负责提取画面中的颜色，用于字幕颜色的调整。

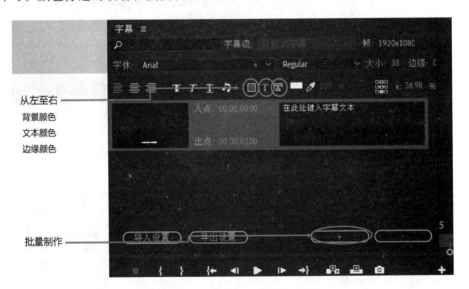

图 7 – 68 开放式字幕的主要功能键

开放式字幕允许批量制作，在字幕窗口右下方的"＋"号键为批量制作功能键，如
图 7 –68 所示。在制作开放式字幕时，效果控件中也可对字幕格式进行制作和调整，如图
7 –69 所示。

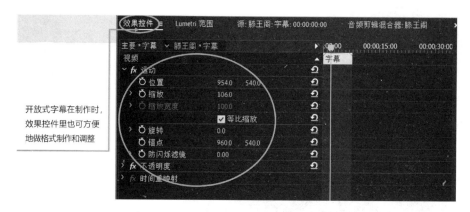

图 7 – 69　效果控件可调整开放式字幕格式

三、图形字幕

在工具面板中选择文字工具，如图 7 – 70 所示。在节目窗口可直接制作图形字幕，并在效果控件面板中进行格式调整，如图 7 – 71 所示。

图 7 – 70　图形字幕

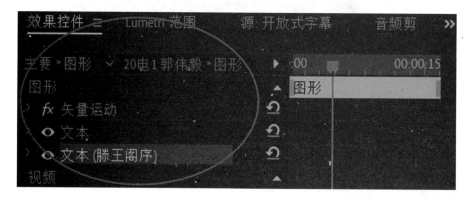

图 7 – 71　图形字幕的制作可以在效果控件面板中进行

图形字幕也常被叫做文本字幕，它的制作在 Pr 工作界面左上角的效果控件面板中可以进行，如图 7 – 72 所示。

图 7 - 72　效果控件面板的文本制作界面

四、基本图形编辑字幕

基本图形编辑是 Pr CC 2018 新升级的一个功能。前面介绍的三类字幕都是纯字幕，图形编辑字幕则可以理解为装饰字幕。

点击"窗口→基本图形"，右侧出现基本图形的编辑界面，其包含了浏览和编辑两项内容，如图 7 - 73 所示。

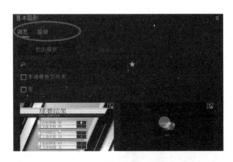

图 7 - 73　基本图形操作界面

浏览面板中拥有软件预设好的标题动画，可以直接套用，如图 7 - 74 所示。编辑面板中，则可以自行设计制作装饰字幕。

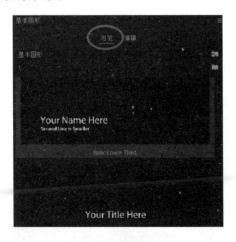

图 7 - 74　基本图形的浏览界面

编辑面板包含文本、直排文本、矩形、椭圆、来自文件等几个选项，如图 7 - 75 所示。文本和直排文本，即文字部分；矩形和椭圆是图形部分，同时支持导入文件素材。

图 7 - 75　基本图形的编辑界面

五、裁剪

在制作短视频时，有时会用到画面遮幅，营造一种大片效果。"视频效果"中的"裁剪"功能可以简便地制作视频遮幅。短视频遮幅效果如图 7 - 76 所示。

图 7 - 76　短视频遮幅效果

在"效果"选项中搜索"裁剪"，或者在"视频效果"下拉菜单中找到"裁剪"，如图 7 - 77 所示，把它拉到需要裁剪的视频上，左侧"效果控件"中就可以进行操作了。

图 7 - 77　裁剪功能的使用

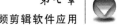

常见的顶部和底部遮幅为 10% 左右。

六、复制特效

点击选中已经编辑好的视频素材并复制，选择被复制的视频素材，选择"粘贴属性"，在对话框里选择需要粘贴属性的图层，点击"确定"。弹出的粘贴属性设置窗口中，勾选想要粘贴的属性，如果全部要的话，就选择所有，点击确定，就可以快速完成复制粘贴图层属性的操作了，如图 7 - 78 所示。

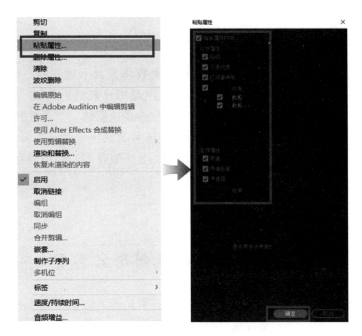

图 7 - 78　复制特效

练习题

1. 实训：熟悉 Premiere Pro CC 的用户操作界面，了解工作窗口、工作面板、命令菜单，并利用手头的素材进行操作练习。

2. 实训：利用前期章节中主题训练时拍摄的素材，剪辑出一个长度为 1—2 分钟的视频，并导出成片。

3. 实训：以"我和我的祖国"为主题，开展绿幕视频的拍摄和影像抠像练习。

4. 实训：利用影视抠像练习作品进行字幕制作，要求包含视频标题字幕、开放式字幕、结尾滚屏字幕。制作完成后导出成片。

第八章

手机端短视频剪辑软件应用

短视频是继文字、图片、传统视频之后在各类媒体平台上播放的一种新兴传播形式，它融合了文字、语音和视频，更加直观、生动地满足用户表达、沟通、展示与分享的需求。短视频具有内容短小有趣、制作简单个性化、传播速度快、交互性强等特点，在新闻传播、学习分享、商品营销、广告宣传等领域迅速普及且火爆起来。随着智能手机的普及、移动网络技术的成熟，使用手机拍摄、制作、分享短视频，如雨后春笋般纷纷涌现。

常见的手机端短视频内容类型

手机端短视频的内容类型多种多样，主要包括资讯类、知识类、生活类、美食类、美妆类、传统文化类、旅游类、影视解说类、音乐类等。

一、传统文化类

传统文化与短视频新兴传播方式相结合，近年来受到热捧，众多短视频创作者通过创作，让传统文化以崭新的面貌展示在用户面前。《2021年抖音数据总结报告》中指出，1557个国家级"非遗"项目在抖音平台出现，覆盖率达99.42%，相关视频同比数量增长149%，累计播放量同比增长83%，其中最受欢迎十大"非遗"项目中排名前三的分别是：河南豫剧、浙江越剧、安徽黄梅戏。

二、知识类

知识类短视频涵盖了财经、军事、文化、心理学等多领域。《2021年抖音数据总结报告》中指出，越来越多人爱上在抖音"搞学习"。92%的双一流高校入驻抖音平台，仅2021年高校在抖音开播场次就达14463场，高校公开课观看总时长达145万小时，相当于24万人上了一天课。2021年抖音播放量迅速增长五大知识类别分别是四六级知识、历史知识、心理知识、韩语教学、消防知识。

三、音乐类

2021 年全年，短视频平台上音乐创作和传播更加活跃，消费更加多元、旺盛。得益于"音乐＋短视频"的创新模式，短视频音乐的可视化、场景化给创作者们更开阔的创作视野，为大众欣赏音乐开辟新渠道。报告显示，2021 年抖音用户使用音乐创作视频的活动更加活跃，视频投稿量累计超 184 亿个，同比增加 99％，音乐短视频日均创作量逾 5000 万个。

四、美妆类

美妆类短视频针对的用户群体多是一些追求美、向往美的女性用户，通过短视频学习化妆技巧，使自己变得更美。美妆类短视频在抖音上占据重要体量，内容形式则多种多样，包含教程、测评、仿妆、剧情、开箱体验等。

五、旅游类

旅游类短视频主要以分享旅行过程中美景、美食为主要内容，使部分宝藏小众旅游目的地走入大众视野。2021 年的丁真一个人带火一座城市，一年涨粉 800 万，理塘旅游同比收入增长 72.4％；《漠河舞厅》一首歌带火一座城市，相关视频播放量超 42 亿次，超过 2095 万人围观漠河慢直播；山东曹县一个"梗"带火一座城市，相关话题视频播放量超 9 亿次，山东菏泽酒店预订量同比增长 8 倍。

常见的手机端短视频平台

根据短视频的显示格式，我们可以将短视频平台分为横屏短视频平台和竖屏短视频平台。常见的竖屏短视频平台有抖音、知乎、哔哩哔哩、头条号、企鹅号、快手、小红书、微信视频号等；常见的横屏短视频平台有哔哩哔哩、头条号、企鹅号、西瓜视频、微信视频号等，如图 8-1 所示。

图 8-1 常见的短视频平台

　　根据短视频平台性质，我们也可以将短视频平台分为工具类短视频平台以及社区类短视频平台。常见的工具类短视频平台有小影、VUE、剪映、快影、快剪辑等，这类平台提供手机录制、逐帧剪辑、电影滤镜、字幕配音等功能，降低短视频拍摄与制作门槛，工具类短视频平台侧重功能强大、界面简洁，有利于非专业人士完成较高水平的短视频作品。社区类短视频平台侧重于满足用户社交需求，以抖音、快手、小红书为代表，通过互动式创作分享，打造浓郁的社交氛围，吸引高黏性用户。

　　虽然市面上短视频平台竞争激励，各家寻找各自的生存模式，作为运营者，只有找到适合自己的平台，才能获取良好的运营效果。

一、抖音

　　抖音为北京字节跳动科技有限公司旗下产品，于 2016 年 9 月上线。抖音在官网中这样介绍自己："抖音是一个帮助用户表达自我，记录美好生活的短视频平台。"据资料显示，至 2022 年 9 月，抖音用户数量在 8.09 亿左右，日常活跃人数超过 7 亿人。

二、快手

　　快手是北京快手科技有限公司旗下的产品。快手的前身，叫"GIF 快手"，诞生于 2011 年 3 月，是一款用来制作、分享 GIF 图片的手机应用软件。2012 年 11 月，快手从纯粹的工具应用转型为短视频社区，用于用户记录和分享生产、生活的平台。官网 SLOGAN 是"快手是记录和分享大家生活的平台，每天产生上千万条原创新鲜视频在这里，发现真实有趣的世界。"据资料显示，2022 年第二季度快手日活跃用户数为 3.47 亿。

三、哔哩哔哩

　　哔哩哔哩是中国年轻世代高度聚集的综合性视频社区，被用户亲切地称为"B 站"。根据艾瑞咨询报告，2020 年 B 站 35 岁及以下用户占比超过 86%。围绕用户、创作者和内容，B 站构建了一个源源不断产生优质内容的生态系统。它聚集了中国最优质的专业创作者，内容涵盖生活、游戏、知识、音乐等数千个品类和圈层，引领着流行文化的风潮，B 站 94% 的视频播放量都来自于专业用户创作的视频（Professional User Generated Video, PUGV）。据哔哩哔哩发布的 2022 年第二季度财报显示，该站月均活跃用户数为 3.06 亿。

四、微信视频号

　　微信视频号是 2020 年推出的腾讯公司旗下产品。微信视频号以图片和视频为主，但不同于订阅号、服务号，它是一个全新的内容记录与创作平台。视频号支持点赞、评论进行互动，也可以转发到朋友圈、聊天场景，与好友分享。经过两年运营，据腾讯 2021 年四季报及全年年报显示，微信视频号日活跃用户数已超 5 亿。

五、西瓜视频

　　西瓜视频为北京字节跳动科技有限公司旗下产品，2016 年 5 月以"头条视频"正式上线，2017 年 6 月品牌升级为"西瓜视频"，用户量破 1 亿。西瓜视频在官网中这样介绍自己："西瓜视频是一个开眼界、涨知识的视频 App，作为国内领先的中视频平台，它源源不断地为不同人群提供优质内容，让人们看到更丰富和有深度的世界，收获轻松的获得感，点亮对生活的好奇心。"西瓜视频作为国内领先的 PUGC 视频平台，它通过个性化推荐，源源不断地为不同人群提供优质内容，鼓励多样化创作。目前西瓜视频累计用户数超过 3.5 亿，日均播放量超过 40 亿，用户平均使用时长超过 100 分钟。

六、剪映

剪映是北京字节跳动公司旗下产品，抖音官方剪辑神器。官网介绍，"一个全能好用的视频编辑工具，帮你轻松剪出美好生活。"剪映作为一款专业版剪辑工具，在手机、平板、PC 三端草稿互通，提供强大的功能、丰富的优质素材库、支持高质量输出，满足各类剪辑需求，如图 8-2 所示。

图 8-2 剪映

第三节

剪映的基本操作方法

剪映是由抖音官方推出的一款性能优越的视频剪辑软件，最新版本包含专业版、移动端、网页版，同时支持在手机、电脑、平板全终端使用，如图 8-3 所示。对于创作者而言，剪映的操作简单易上手，拥有丰富的素材库，"剪同款"功能让新手也能快速剪出震撼级大片效果。并且剪映的学习中心拥有海量的课程资源，提供优质课程资源，帮助创作者不断成长。本节我们以剪映移动端软件为例，学习手机端短视频剪辑的基本知识。

图 8 – 3 剪映

一、认识剪映的基本界面

打开剪映，我们可以看到剪映的主界面一共分为"剪辑""剪同款""创作课堂""我的"4 个模块，分别对应了短视频原创剪辑功能、短视频模板式剪辑功能、短视频创作学习功能以及个人信息设置功能。

"剪辑"模块的第一个界面共分为常用工具、创作、草稿 3 个区域，我们点击"开始创作"进入第二个界面，通过勾选、添加照片视频、剪映云、素材库中的内容导入创作素材，如图 8 – 4、图 8 – 5 所示。

图 8 – 4　主界面

图 8 – 5　导入素材

"剪辑"模块的第三个界面我们将其分为视频设置导出区域、画面预览区域、视音频轨道区域以及功能操作区域。在"视音频轨道区域"，我们可以了解视频总时长、查看当前视频所在时间点、添加关键帧、关闭原声、预览全屏；也可以通过手指左右滑动浏览视频轨道所有素材，通过两个手指的缩小和放大调整视频轨道的剪辑精细程度，如图8-6、图8-7所示。在"功能操作区域"，当我们不选中视音频轨道时可以看到剪映针对整段视频包装的剪辑、音频、文字、贴纸、特效、滤镜、比例等添加功能；当我们点击选中视音频轨道时可以看到剪映中针对视音频当前时间点的所有添加功能，包含分割、变速、动画、抠像滤镜等。

图 8-6 剪辑界面

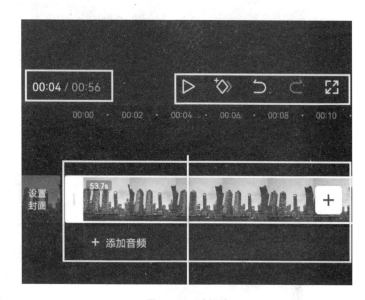

图 8-7 时间线

"创作课堂"模块实质上是剪映的一个开放式学习平台，我们可以通过观看各类知识讲解、精品课程学习短视频编导、剪辑、运营、直播的相关知识。

二、素材导入及调整

素材导入方法一：在视频剪辑初即导入素材，点击"开始创作"，选中拍摄素材，通过预览查看该镜头的全部画面，通过裁剪保留该镜头需要时间长度，并添加至视频轨道，如图8-8至图8-10所示。

素材导入方法二：在视频剪辑过程中点击视频轨道右侧"加号"继续添加素材，或者在选中视频后通过点击下方工具条中的"替换"更换视频内容，请注意更换的视频时长必须大于原素材的时长，如图8-11、图8-12所示。

图 8-8 选择素材

图 8-9 导入素材

图 8-10 剪辑素材

图 8-11 添加素材

图 8-12 替换素材

调整素材顺序：将视频轨道缩小后，选中需要的镜头通过手指左右拖曳移动到调整的位置。

画面编辑：选中需要编辑的镜头，点击下方工具条中的"编辑"，可以对当前画面进行 360 度旋转、左右镜像、等比或自由裁剪、位置移动操作，如图 8-13 至图 8-15 所示。

图 8-13　选中素材　　　　图 8-14　编辑素材　　　　图 8-15　编辑素材

视频变速：选中需要编辑的镜头，点击下方工具条中的"变速"选择常规变速或者曲线变速，其中常规变速即均匀地调整速度，1x 往右为播放速度加快同时镜头时长减少，1x 往左为播放速度减慢同时镜头时长增加；曲线变速可以根据视频表达的意图，自定义或选择模板式调节速度，如图 8-16 至图 8-18 所示。

图 8-16　选中素材　　　　图 8-17　调节速度　　　　图 8-18　设置速度

三、比例及背景调整

视频的比例其实有很多种，早期的电视比例是 4:3，后来 16:9 的横屏比例发展为中长视频平台的主流，而电影的比例则通常为 2.35:1。短视频剪辑开始时我们需要根据发布的平台首先确定视频的比例，常见的视频比例有横屏和竖屏两种。

视频比例调整：回到剪辑界面，点击视频轨下方的"比例"选择合适的比例，如图 8-19 至图 8-21 所示。剪映自带的比例模式有很多种，如适合抖音视频的 9:16，适合西瓜视频的 16:9 等。

图 8-19 选中素材

图 8-20 调节比例

图 8-21 设置比例

铺满画框：在调整比例后镜头往往只占取屏幕框的部分范围，我们可以通过直接缩放画面大小来完成画面的整体调整，这种方式操作简单但缺点是丢失了部分画面内容并大大降低了画面质量。于是，我们也可以通过添加背景的方式来完成画面的整体调整，点击视频轨下方的"背景"，可以选择颜色、画布、画布模糊三种不同的背景方式，如图 8-22 至图 8-24 所示。

四、音频添加及调整

开启或关闭原声：我们通过点击视频轨左侧的"原声"，选择关闭或开启原声。

添加背景音乐的方式：回到视音频轨道编辑的一级菜单，点击视频轨下方工具栏中的"音频"，选择"音乐"，我们可以从剪映自带的音乐素材库中搜索并添加喜欢的音乐，可以从手机中导入添加自带的音乐素材，也可以从其他喜欢的视频中提取音乐并导入，如图 8-25 至图 8-27 所示。

图 8 – 22　选中素材

图 8 – 23　点击背景

图 8 – 24　设置背景

图 8 – 25　点击音频

图 8 – 26　添加音乐

图 8 – 27　提取音乐

　　音乐踩点：在剪辑中我们需要将音乐的节奏和画面进行配合，达到协调的视觉、听觉效果，因此常常用到音乐踩点功能。选中音频轨点击"踩点"，通过自动踩点或者手动添加点两种方式为音乐完成打点，并根据音乐节奏适当调整视频剪辑衔接的位置，使短视频中视频与音频达到卡点契合的良好效果，如图 8 – 28、图 8 – 29 所示。

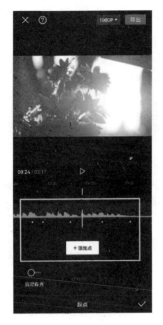

图 8 – 28　手动踩点

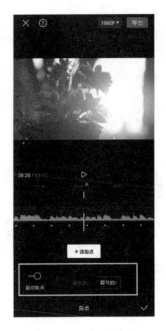

图 8 – 29　自动踩点

　　音效添加：回到视音频轨道编辑的一级菜单，点击视频轨下方工具栏中的"音频"，选择"音效"，通过关键词搜索或者直接选择自己喜欢的音效添加使用，同时根据画面的需用用手指左右拖动调整音效的位置、音量大小或者音效的长短等，如图 8 – 30 至图 8 – 32 所示。

图 8 – 30　点击音效

图 8 – 31　选择音效

图 8 – 32　调节音效

人声解说：回到视音频轨道编辑的一级菜单，点击视频轨下方工具栏中的"音频"，选择"录音"，点击或长按红色键完成配音。选中该段录音后，根据画面首先调整配音的长度、位置，也可点击"变声"改变原本的音色，如图 8 - 33 至图 8 - 35 所示。

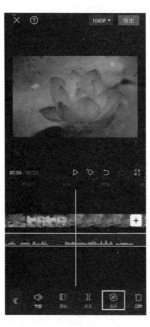
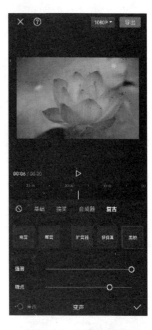

图 8 - 33　点击录音　　　　图 8 - 34　点击变声　　　　图 8 - 35　选择音效

五、字幕的添加

字幕添加：回到视音频轨道编辑的一级菜单，点击视频轨下方工具栏中的"文字"，选择"新建文本"，输入你想要的文字内容，选中文字框用手指调整对话框的大小、位置，同时适度对文字进行字体、样式、动画的包装设计，如图 8 - 36 至图 8 - 39 所示。

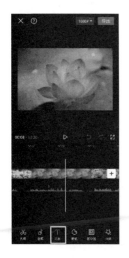

图 8 - 36　点击文字　　图 8 - 37　添加文字　　图 8 - 38　选择样式　　图 8 - 39　调整字幕

使用字幕模板：除了自己编辑文字以外，我们其实也可以使用剪映自带的文字模板，简单且内容丰富。回到视音频轨道编辑的一级菜单，点击视频轨下方工具栏中的"文字"，选择"文字模板"，根据视频内容选择你需要的文字模板，直接输入文字，调整文字框的位置、大小即可，如图 8 - 40 至图 8 - 42 所示。虽然剪映的文字添加和贴纸添加样式非常繁多，但大家在编辑短视频时一定要遵循适度的原则，选择合适的样式添加即可，切记不要添加过多，影响视频本身的效果。

　　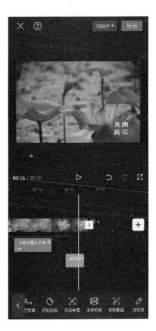

图 8 - 40　添加模板　　　　　图 8 - 41　编辑字幕　　　　　图 8 - 42　调整字幕

识别歌词：我们如果想为配音添加歌词效果，回到视音频轨道编辑的一级菜单，点击视频轨下方工具栏中的"文字"，选择"识别歌词"，剪映便会自动读取歌词并出现在屏幕下方，我们仅需再对文字框的位置、大小进行微调即可，如图 8 - 43 至图 8 - 45 所示。

六、特效和滤镜的添加

添加特效：特效在影视工业中常常指人为制造出来的假象和幻觉，随着影视制作的发展，添加特效变得越来越简单。在剪映中我们只需点击回到视音频轨道编辑的一级菜单，点击"特效"，根据不同的主题选择画面特效或者人物特效，每一个特效都有相应的画面缩略图，方便我们直观地感受理解每种特效产生的效果。回到剪辑轨道后，我们用选中增加的特效层用手指拖动改变特效的位置、长短，如图 8 - 46 至图 8 - 48 所示。在剪映中我们可以通过多次添加不同或相同的特效增强效果，当然在日常学习中我们需要多看多练，了解不同的特效，并恰当地根据视频的需要选择合适的特效。

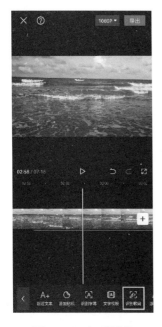

图 8 - 43　识别歌词

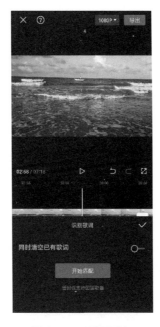

图 8 - 44　匹配歌词

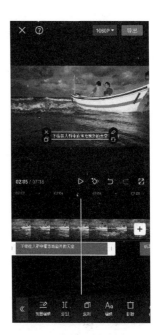

图 8 - 45　调整字幕

图 8 - 46　选中素材

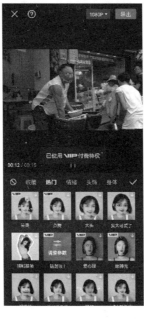

图 8 - 47　添加特效

图 8 - 48　调整特效

　　添加滤镜：在短视频剪辑中调色是每个视频必需的，对于新手而言，我们可以通过添加滤镜然后再做进一步的微调完成整个视频的调色。回到视音频轨道编辑的一级菜单，点击"滤镜"，在滤镜界面有很多抖音常用的滤镜效果，如风景、复古、质感等，如图 8 - 49、图 8 - 50 所示。如果你做的是美食类视频就可以选择美食标签的滤镜，选中喜欢的滤镜模板后，我们需要将滤镜铺满整个视频轨，保证整段短视频的色调统一协调，如图 8 - 51 所示。

图 8 – 49　点击滤镜

图 8 – 50　选择模板

图 8 – 51　调整滤镜

　　色彩调节：由于每个镜头在拍摄时的光线、色温等各不相同，我们在选择滤镜后还需对部分镜头进行色彩的微调。选中需要微调的视频片段，点击"调节"，在短视频色彩调节中，我们常用的参数包含亮度、对比度、饱和度、色温和锐化，如图 8 – 52 至图 8 – 54所示。

图 8 – 52　点击调节

图 8 – 53　选择调整值

图 8 – 54　设置参数

其中对比度的调节可以让亮的地方更亮，暗的地方更暗，画面明暗对比更加强烈；饱和度的调节可以让画面的颜色更加鲜艳；锐化的调节则可以让视频中细节的纹理更加的明显，从而让视频显得更加清晰。

七、转场的添加

　　转场应用：在影视制作中转场主要是指两个场景段落之间的转换，可以分为无技巧转场和技巧性转场，其中技巧性转场是指两个镜头间通过叠加特殊效果作为转场，常见的有叠化、闪白、缩放等。

　　在剪辑轨道中，我们可以看见每两个镜头的衔接处有一个白色的小方块，中间是一道黑色的竖线，点击"白色小方块"就可以进入到转场添加的界面，如图8-55所示。剪映中的转场包含基础转场、运镜转场、特效转场、MG转场、幻灯片、遮罩转场等多种类别，并且我们可以实时看到不同转场的效果，我们可以选择常用的叠化转场，此时剪辑轨道中两个镜头的衔接处即显示为白色小方块，中间的竖线变成了两个三角形的组合图形，如图8-56、图8-57所示。在转场编辑中，一般而言我们可以根据音乐的节奏，左右拖动线条来设置转场的时长。需要注意的是，使用部分转场如叠化会改变原本视频的总长度，从而使视频和音乐的卡点位置发生变化。

图8-55　点击小方块

图8-56　选择转场

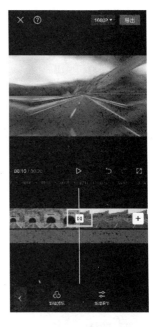

图8-57　应用转场

八、封面的设计与视频导出

　　封面设计：在完成短视频的精简后我们来到封面设计的环节，首先在剪辑轨道最左侧点击"设置封面"，如图8-58所示。常用的一共有2种封面的设计方式，第一种是我们可以通过选择短视频中的某一帧画面作为封面，点击"封面模板"添加喜欢的封面样式，点击"添加文字"进行字幕编辑；第二种是我们可以从相册中选择喜欢的图片作为封面，同样需要对封面的文字进行排版编辑，如图 8 – 59、图 8 – 60 所示。

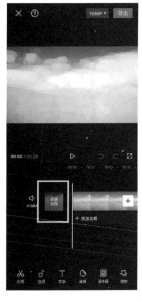  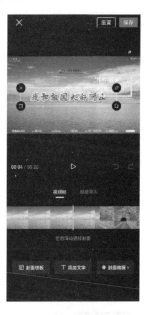

图 8 – 58　设置封面　　　　　图 8 – 59　编辑封面　　　　　图 8 – 60　调整封面

视频导出：为了保证导出视频的质量，在导出短视频前我们需要首先对画面质量进行设置。点击"导出"左侧的"1080p"，剪映默认的导出画质为 1080P、30 帧，但如果我们拍摄的是 4K、60 帧视频的话，就需要手动调整分辨率和帧率，从而获得最佳的视频质量。设置完成后点击"导出"，剪映即可导出短视频文件保存在手机相册中，或者直接将视频发布到抖音、西瓜视频，如图 8 – 61 至图 8 – 63 所示。

图 8 – 61　导出　　　　　　　图 8 – 62　导出中　　　　　　图 8 – 63　保存和分享

第四节
实训项目一

实训要求：使用"抖音"自带视频剪辑软件，制作一段关于荷花的图文短视频，并完成发布。

素材：①6 张荷花图片素材；②配乐《一花一世界》（钢琴曲）。

第一步：添加图片素材

打开抖音平台，点击下方"＋"号，发图文，选择需要的 6 张荷花图片，点击下一步，如图 8-64、图 8-65 所示。

图 8-64　点击"＋"

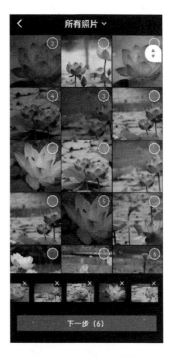

图 8-65　导入素材

第二步：添加背景音乐

点击界面最上方音乐符号添加背景音乐，在背景音乐库中搜索《一花一世界》，选择钢琴曲版本使用，添加完成后点击右侧图片已进行音乐卡点，如图 8-66、图 8-67 所示。

图 8 – 66　添加音乐

图 8 – 67　选择音乐

第三步：添加滤镜

为每一张图片素材添加统一的滤镜，滤镜选择风景类别中小京都，数值为 58，如图 8 – 68、图 8 – 69 所示。

图 8 – 68　添加滤镜

图 8 – 69　设置参数

第四步：添加字幕

在第一张图片空白处添加诗词"水中仙子并红腮，一点芳心两处开。"字体选择拼音，并拖动左边滑条调节大小，放到图片中适当的位置，如图8－70、图8－71所示。

第五步：发布作品

发布作品的时候，选择一张图片作为封面、添加标题、添加话题，并完成权限设置，如图8－72所示。

图8－70　添加字幕

图8－71　编辑字幕

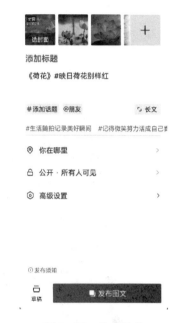

图8－72　发布作品

第五节

实训项目二

实训要求：使用"剪映"App，把海边旅行的碎片镜头剪成一支情绪旅行短片。

素材：海边旅行的碎片镜头。

第一步：素材的导入及调整

旅行的途中我们总是喜欢用手机拍下许多零碎的画面，在剪辑开始前我们需要先对所有的素材进行筛选，去掉那些重复的、被破坏了的镜头，尽可能留下那些精美且有用的，如图8－73所示。

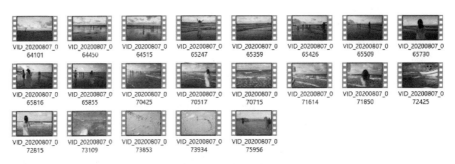

图 8 - 73   筛选素材

打开剪映点击"开始创作",按顺序选择你想要添加的 10—15 个镜头,并直接在此处完成每个镜头的粗剪。整理碎片视频,旅行碎片视频没有统一的脚本,是旅行途中随手拍下的镜头,我们尽量把相同场景的画面整理在一起,如图 8 - 74、图 8 - 75 所示。

图 8 - 74   主界面

图 8 - 75   导入素材

第二步:挑选音乐,选取适合的片段

找一首喜欢的 BGM,情绪类旅行短视频通常可以配上抒情类的音乐,节奏感不用太强,重点在表达情绪上。点击界面下方的"音频",点击"音乐",从剪映自带的素材中选择歌曲《welcome to wonderland》,根据视频整体长度,剪辑约 30—60 秒的音乐片段。我们也可以在音频的头尾添加淡化 2s,使得音乐进入退出不那么突兀。

第三步:设置音乐踩点

选中音乐轨道,点击界面踩点功能,选择自动踩点中的踩节拍 1 模式,即完成音乐踩点,当然我们也可以根据实际需要手动添加踩点。如图 8 - 76 所示。

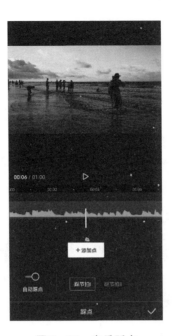

图 8 – 76　音乐踩点

第四步：精剪画面

根据音乐卡点切换、调整画面，让视频更加专业且观看更加舒适。

第五步：添加片头片尾

通过适当地添加素材包中的片头、片尾使画面和音乐相互匹配。

第六步：将歌词打在画面中（如图 8 – 77、图 8 – 78 所示）

图 8 – 77　识别歌词

图 8 – 78　编辑字幕

第七步：调节色调

我们为画面整体添加滤镜，可以挑选偏蓝的色调，使视频画面整体风格统一。

第八步：搭配特效音

点击音效功能，搜索海边，添加沙滩比较温和的海浪声素材，如图 8 - 79、图 8 - 80 所示。

图 8 - 79　添加音效

图 8 - 80　编辑音效

第九步：导出发布

到此为止我们就可以导出视频并同步到自己喜欢的平台上了。

参考文献
References

[1] 任金州. 电视摄像 (第四版) [M]. 北京：中国传媒大学出版社，2021.

[2] 田建国，高晓虹. 电视摄像实务 [M]. 北京：中国传媒大学出版社，2013.

[3] 谢红焰. 电视画面编辑 [M]. 北京：中国传媒大学出版社，2013.

[4] 周毅. 电视摄像艺术新论 [M]. 北京：中国广播影视出版社，2005.

[5] 何苏六. 电视画面编辑 [M]. 北京：中国广播影视出版社，2008.

[6] 聂欣如. 影视剪辑 (第二版) [M]. 上海：复旦大学出版社，2021.

[7] 傅正义. 影视剪辑编辑艺术 (第三版) [M]. 北京：中国传媒大学出版社，2017.

[8] 王冠，王翎子，罗蓓蓓. 网络视频拍摄与制作：短视频 商品视频 直播视频 (视频指导版) [M]. 北京：人民邮电出版社出版，2020.

[9] 尹小港. 中文版 Premiere Pro CC 入门教程 [M]. 北京：人民邮电出版社，2018.

[10] 孙玉珍，高森. Premiere Pro CC 实例教程 (第4版) [M]. 北京：人民邮电出版社，2016.

[11] 陈珉珖，郑志强. 看视频学剪映——快速剪辑手机短视频 [M]. 北京：人民邮电出版社，2022.

[12] 蔡勤，刘福珍，李明. 短视频策划、制作与运营 [M]. 北京：人民邮电出版社，2021.

[13] 陈臻，王怒涛，左巍. 手机短视频策划、拍摄、剪辑、发布 [M]. 北京：人民邮电出版社，2021.

[14] 史蒂文·卡茨，后浪. 场面调度：影像的运动 (插图修订第2版) [M]. 北京：北京联合出版公司，2015.

[15] 杰里米·温尼尔德. 电影镜头入门 (插图修订第2版) [M]. 北京：北京联合出版公司，2015.

[16] 琳恩·格罗斯，拉里·沃德，廖澹苍. 拍电影——现代影像制作教程 (插图第6版) [M]. 北京：世界图书出版公司，2006.